超有哏日文慣用語手冊

邊讀邊笑超好記！

讓你一開口就像日本人一樣道地

齋藤 孝 監修

陳姵君 譯

序文

致 閱讀本書的你

慣用語是歷經時間長河傳承下來的「知識寶庫」。
你的爺爺、奶奶的爺爺、奶奶，
還有更久更久之前的祖先們，
將自身「啊～要是當初知道這一點的話就不會搞砸了」
的經驗談濃縮成簡短的文句，
並將這些心得傳授給生活在下一個新時代的人們。

從前的人們所創造出來的這些文句，
有時會令人感到「好神準」。
甚至會令人忍不住想問：「他們怎麼會知道？」
有些完全一語道破自己目前的狀況，

簡直就像未卜先知那樣令人大感訝異。
有些則像預言那樣，透露「之後會如此演變喔」的訊息。
若能掌握、了解這些慣用語，
遇到狀況時便能懂得如何應對。
老祖宗們都特地將人生智慧化為
簡單好記的文句來提醒後世子孫了，
我們當然沒有不運用的道理。

而且，慣用語很有趣。
本書尤其強調這一點，旨在「笑著學習，寓教於樂」。
內容逗趣好笑就會覺得喜歡，也比較容易留下印象。
若你在閱讀本書後變得喜歡慣用語，
而且經常使用的話，我們會覺得非常開心喔！

慣用語為什麼會這麼準？

本書介紹許多「超神準慣用語」。「神準」到讓人覺得「驚訝」、「有趣」、「感動」！正因為慣用語兼具各種吸引人的要素，所以才令人嘖嘖稱奇。

那麼，具體來說，慣用語究竟有哪些地方讓人覺得超神奇呢？

一語道破自己目前的狀況，超神奇！

慣用語誕生於遙遠的過去，有些甚至是超過千年以前的人們所留下來的。若因為這樣就認為它不過是闡述古板陳舊觀念的短句，那可就大錯特錯了。慣用語就像鐵口直斷一樣，讓活在現代的我們也不由得對號入座，所以才會說它超神準。

而且命中率高到會令人忍不住想問：「他們怎麼會知道？」感覺就像從前的人搭乘時光機來到現代，目睹一切經過那樣！

書中將會介紹很多令讀者覺得「這不就是在說我嗎？」，而感到大吃一驚的慣用語。

像是滾著沙發看電視時，心想「將來我要發明很厲害的東西，讓大家對我刮目相看……呵呵呵」的同時，突然心頭一驚：「我這樣會不會就是所謂的『まかぬ種は生えぬ（不播種必無收穫）』呀!?」之類的。

在現今這個時代也適用，超神奇！

慣用語簡直就像預言一樣，在任何時空背景下都讓人感到很受用。正因如此，它才能走過各個時代，並廣獲人們喜愛。

比方說，我曾在實際上場比賽前發生過「網球球拍線斷掉」的狀況。在這種驚慌失措的時候，為了平復情緒好好應戰，我便在心裡默念這句慣用語：

「弘法は筆を選ばず（弘法不挑筆）。」

真正的高手，無論拿任何球拍都能

發揮實力。我便秉持著書法家弘法的心境，借用朋友的網球拍上陣。「弘法心境」聽起來還不賴吧？像這樣，危機就能變成轉機，內心也會產生餘裕。

字句富韻律感，令人琅琅上口

慣用語為簡短的句子，富韻律感，所以相當好記。**「令人琅琅上口」也是一大重點**。

大人也會經常說些慣用語吧？比方說，在沙灘玩完煙火後，一邊收拾乾

⇓請見P.51

淨，一邊說**「立つ鳥あとをにごさず（水鳥不留污）」**之類的。

只要想到**「這個狀況完全符合那句慣用語」**，就會忍不住想說出口。

⇓請見P.106

請在日常生活中加以活用

本書網羅了130句有趣又實用的日文慣用語，能讓讀者們邊讀邊笑、加深記憶，並學會相關用法。

還請大家多運用在日常生活當中，就算有點流於刻意也無妨。像是「お母さん、それ油断大敵だよ（媽，掉以輕心是大敵喔）！」，或者是「楽あれば苦あり苦あれば楽ありと言うじゃないか（不是都說有樂就有苦嗎）？」，能讓對話更有張力、充滿知性。愈常用愈能讓身邊的人對你刮目相看。

「沒想到你居然知道這句慣用語！」

能讓聽者覺得震撼，讀這本書也就值回票價了。

沮喪…
今天在工作上表現得超失敗……
是喔…
爸……
「塞翁失馬焉知非福」喔!!
⇓請見P.147
你—說得對!!

邊讀邊說「沒錯沒錯」與慣用語建立親近感

想要將慣用語轉換成自己的知識，並充分活用，**首先必須對慣用語產生親近感。**

請將慣用語與自身經驗連結，邊讀邊跟著說出「沒錯沒錯」吧！

「あばたもえくぼ（痘疤也能當酒窩）。**沒錯沒錯！有個朋友老愛說自己喜歡的對象，講話大舌頭好可愛什麼的。**」就像這樣，邊讀邊將慣用語和生活中發生的事做連結。

一邊學習一邊說「沒錯沒錯」，感覺很像在與古人們對話，相當有趣。透過這種寓教於樂的學習方式，大家應該能確切感受到慣用語究竟有多神。

慣用語誕生於遙遠的過去，卻預言了我們今日的各種行為，

所以才會說它超神奇的!!

也就是說，爺爺、還有爺爺的爺爺……這些祖先做過的蠢事，都跟我差不多嘛!!
啊—
亂戳草叢引出蛇!!

⇒ 請見P.95

超有限日文慣用語手冊 目次

心有戚戚焉篇

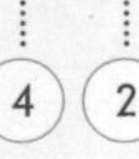

一起來挑戰！慣用語猜謎①

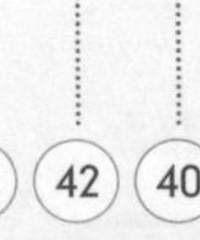

躡手躡腳

一起來挑戰！慣用語猜謎③

被慣用語說中，
太神了～

本書閱讀方法

從哪一篇開始讀起都無所謂，光看插圖也很有趣喔！
請多加使用喜歡的慣用語，將它學以致用吧！

插圖

讓人一看便知慣用語的涵義，增加閱讀樂趣，引發讀者「心有戚戚焉」的共鳴。

慣用語

老祖宗們留下來的、帶有預言性質的短句。

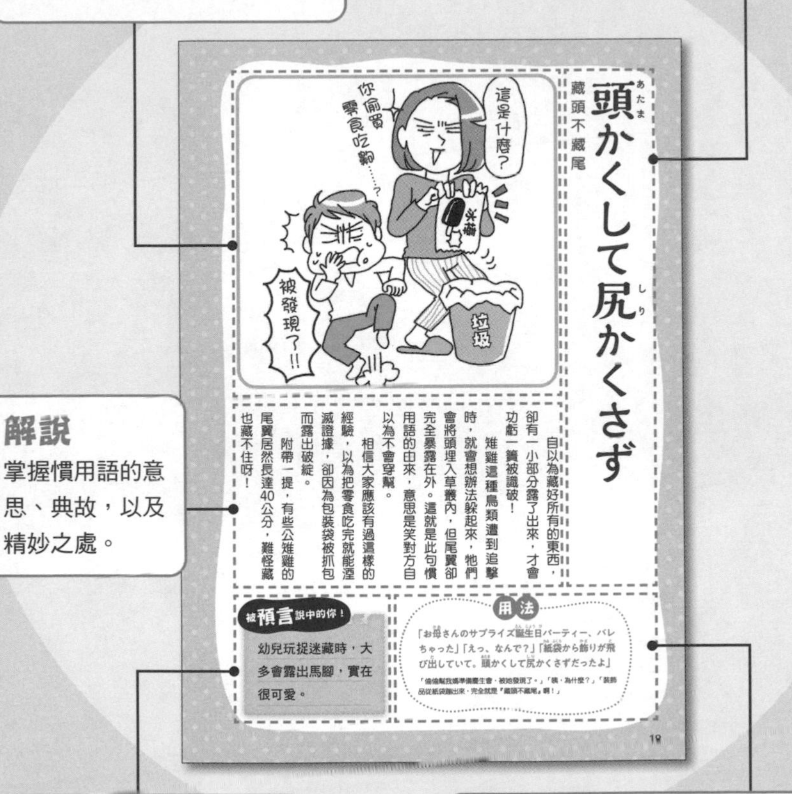

頭（あたま）かくして尻（しり）かくさず

藏頭不藏尾

自以為藏好所有的東西，卻有一小部分露了出來，才會功虧一簣被識破！

雉雞這種鳥類遭到追擊時，就會想辦法躲起來，牠們會將頭埋入草叢內，但尾翼卻完全暴露在外。這就是此句慣用語的由來，意思是笑對方自以為不會穿幫。

相信大家應該有過這樣的經驗，以為把零食吃完就能湮滅證據，卻因為包裝袋被抓包而露出破綻。

附帶一提，有些公雉雞的尾翼居然長達40公分，難怪藏也藏不住呀！

被預言說中的你！

幼兒玩捉迷藏時，大多會露出馬腳，實在很可愛。

用法

「お母さんのサプライズ誕生日パーティー、バレちゃった」「えっ、なんで？」「紙袋から飾りが飛び出していて。頭かくして尻かくさずだったよ」

「偷偷幫我媽準備慶生會，被她發現了。」「咦，為什麼？」「裝飾品從紙袋跑出來，完全就是『藏頭不藏尾』啊！」

19

解說

掌握慣用語的意思、典故，以及精妙之處。

被預言說中的你！

這段話是寫給心想「哎呀，這不是在講我嗎？」的你。相信應該（？）能為你帶來助益吧。

用法

參考說明範例來活用慣用語。跟同學、老師、爸爸、媽媽露一手時，他們一定會大感驚訝地說：「你居然懂這句話！」

心有戚戚焉篇

誕生於遙遠過去的慣用語，鐵口直斷令你「點頭如搗蒜」！

頭(あたま)かくして尻(しり)かくさず

藏頭不藏尾

自以為藏好所有的東西，卻有一小部分露了出來，才會功虧一簣被識破！

雉雞這種鳥類遭到追擊時，就會想辦法躲起來，牠們會將頭埋入草叢內，但尾翼卻完全暴露在外。這就是此句慣用語的由來，意思是笑對方自以為不會穿幫。

相信大家應該有過這樣的經驗，以為把零食吃完就能湮滅證據，卻因為包裝袋被抓包而露出破綻。

附帶一提，有些公雉雞的尾翼居然長達40公分，難怪藏也藏不住呀！

用法

「お母(かあ)さんのサプライズ誕生日(たんじょうび)パーティー、バレちゃった」「えっ、なんで？」「紙袋(かみぶくろ)から飾(かざ)りが飛(と)び出(だ)していて。頭(あたま)かくして尻(しり)かくさずだったよ」

「偷偷幫我媽準備慶生會，被她發現了。」「咦，為什麼？」「裝飾品從紙袋蹦出來，完全就是『藏頭不藏尾』啊！」

被預言說中的你！

幼兒玩捉迷藏時，大多會露出馬腳，實在很可愛。

あとは野(の)となれ山(やま)となれ

管它後來會變荒野還是山

「把媽媽給的參考書錢拿去買模型，之後肯定會被訓。但是到時候再說吧！我現在就是要買下去！」此時就可以使用這句慣用語。就連「管它接下來會怎樣！」那種豁出去的態度都被貼切地表現出來，真的很神準。

這句話的典故來自於，栽種者在馬鈴薯等作物收成後，就覺得土地變成荒野或山林都無所謂了。用來表示不負責任的態度或不管三七二十一的心態。盡最大的努力，之後就交給運氣或他人時，也可以使用這句話。

用法

「あのいじめっ子(こ)ににらまれたら、やばいんじゃない？」「でも、悪(わる)いことは見逃(みのが)せないから直接(ちょくせつ)言(い)うよ。あとは野(の)となれ山(やま)となれだ」

「若被那個小霸王盯上，不是很不妙嗎？」「可是不能對壞事視而不見啊！我會直接反應的。管它後來會變荒野還是山。」

被預言說中的你！

有時豁出去的態度反而能帶來力量，克服難關！

あばたもえくぼ

痘疤也能當酒窩

超神準！一語道破心有所屬的你的心境！

這句慣用語意謂喜歡某人時，就連缺點都能當成優點看。不管是亂翹還是亂到爆炸的髮型，都是一種魅力，讓戀愛中人忍不住覺得好迷人、好可愛！

從前在全球造成大流行的天花這種疾病，會導致皮膚留下小傷痕，稱之為痘疤。另一方面，酒窩則是笑起來時會出現在臉頰的凹洞，是很討喜的特色。就連缺點也能當成魅力十足的優點來看待，愛情的力量果然很偉大。

用法

「君の好きなアイドル、昨日テレビでうまくしゃべれなかったね」「しどろもどろがかわいいなって」「あばたもえくぼだね」

「你喜歡的那個偶像，昨天上節目口條不是很好耶～」「講起話來結結巴巴的好可愛喔！」「你完全就是『痘疤也能當酒窩』耶！」

被預言說中的你！

當熱情不再，就會懷疑對方究竟是哪裡好，正是戀愛的有趣之處。

雨ふって地固まる

雨後地面更穩固

送給遇到哀事或與人發生衝突而感到難過的你一個好消息：一切都會比以前更好的！

下雨時地面會變得泥濘，鞋子也會被弄髒；但下完雨，水分蒸發以後，地面會變得更穩固，比之前更好走。

跟朋友吵架時心情會很不愉快吧？

不過和好後，感情會比以前還要好，我想大家應該有這樣的經驗。

吵架其實也是理解彼此情緒或心事的一種契機喔！

被預言說中的你！

常見到有些班級走過風風雨雨後，全班反而變得和樂融融。

用法

「昨日、お父さんとお母さんケンカしてなかったっけ？ 今日は一緒にテレビ見て笑っているよ」
「雨ふって地固まるというやつだろ」

「昨天爸爸跟媽媽不是吵架嗎？今天卻一起看電視，有說有笑耶！」
「這就是所謂的『雨後地面更穩固』嘛！」

案ずるより産むがやすし

生產比窮擔心來得容易

這句慣用語是指與其擔心這擔心那，實際做做看反而還比較簡單的意思。第一次生產時往往會擔心：「好像會吃很多苦頭……」不過實際經歷後才發現，並沒有想像中那麼困難。這就是此句話的由來。

面對第一次接觸的事物，會感到不安或擔心是人之常情，忍不住心想：「自己做得來嗎？」「能順利完成嗎？」「案ずるより産むがやすし」這句話，就是老祖宗們送給多慮的你的勉勵預言。許多人生的大前輩們，也因為這句話而獲得勇氣。

用法

「一人で親戚の家にお泊り不安だな。夜眠れるかな」「行ってしまえばなんとかなるよ。案ずるより産むがやすしってね」

「獨自去親戚家過夜覺得很不安耶！不知道晚上睡不睡得著……」
「去了自會有辦法的。俗話說，生產比窮擔心來得容易。」

被預言說中的你！

凡事一定都有「第一次」。實際做做看就對了！

石橋を叩いて渡る

敲過石橋後再走

石頭建造的橋梁是相當牢固的，應該不太可能發生走到一半橋梁坍塌，而摔到河裡的情況。感覺可以哼著歌悠哉走過。看到石橋還小心翼翼地敲打、確認後才敢走上橋面的人，究竟是有多杞人憂天!?

不過，小心謹慎有時其實很重要。尤其在現代，經常會發生一些意想不到的狀況，慎重其事或許會比不當一回事而出事來得好。這麼想的話就會覺得，先人們似乎透過這句話來提醒我們切勿掉以輕心。連這一點都能發出預言，果然神奇呀！

被預言說中的你！

過於謹慎而遲遲無法展開行動，也不值得鼓勵喔！

用法

「早く雪合戦やりに行こうよ」「タオルと着替えを用意しているから待って。あ、ゴーグルも必要かな」「石橋を叩いて渡るタイプだね」

「我們快去打雪仗啦！」「等我準備好毛巾跟替換衣物。啊，還需要雪鏡！」「你完全是『敲過石橋後再走』的類型耶！」

一寸の虫にも五分のたましい

一寸之蟲也有五分魂魄

不能因為對方年紀小，或看起來很弱就瞧不起人家。再怎麼弱小也是有自尊及各種情緒的。

小時候跟大人玩時，或許多少都有被放水的經驗，不過這項做法會漸漸令你反感。因為覺得自己已能與對方公平競爭，而不希望被看扁。

一寸是長度單位，大約3公分，5分則是一寸的一半。整句話的意思是：即使是小蟲，魂魄（志氣、韌性等）也佔了身體一半的分量。這句慣用語可說是為弱小者加油打氣的箴言呢！

用法

「あんなに体の大きな人たちと柔道をやるの？」
「小さくたって、やる気は十分さ。一寸の虫にも五分のたましいだよ」

「你跟身材那麼壯的那群人練柔道喔？」
「雖然我個子小，但是幹勁十足。一寸之蟲也有五分魂魄喔！」

被預言說中的你！

比你小的小朋友們，也是有自尊的喔！切記切記！

一銭(いっせん)を笑(わら)うものは一銭(いっせん)に泣(な)く

輕視一塊錢者將為一塊錢而哭

無論金額有多低，都不能隨便看待。

「錢」大約是在70年前流通於日本的貨幣單位，一圓等於百錢。當時的金錢觀跟現代有點出入，不過一錢意指「微不足道的小錢」。

你是否曾認為一塊錢弄丟就「算了」，而不以為意呢？甚至還覺得不想要而送給別人。

早在還在使用「一錢硬幣」的時代，先人們就已經預言，後續會發生讓你後悔「要是有把那一塊錢留下來就好了」的事。

被預言說中的你！

無現金時代下，培養珍惜每一分錢的金錢觀還是很重要的。

用法

「10円(えんか)貸してくれないかな」「この間(あいだ)、ぼくが小銭(こぜに)しか持(も)っていなかったのをバカにしていたのに」「一銭(いっせん)を笑(わら)うものは一銭(いっせん)に泣(な)くって本当(ほんとう)だね…」

「可以借我10圓嗎？」「之前你不是還笑我身上只有零錢嗎？」「原來『看輕一塊錢者將為一塊錢而哭』這句話是真的呢……」

井の中の蛙大海を知らず

井底之蛙不知大海有多深

A國小的王牌正是我!!
我就是A國小的王牌!!
呵呵呵……上國中後也要大展身手……

世界很大。就算是擅長的領域，也一定還有許多自己尚未知曉的部分。假如不知道這點，而表現出「我好厲害」的臭屁樣，就會被說成是「井底之蛙」喔！所謂「井底之蛙」，是指見識或想法淺薄、令人不敢恭維的人。這句慣用語就是對不知天高地厚的你，所提出的警語。

生活在狹小水井內的青蛙，以為水井＝全世界，而不知道寬闊海洋的存在。這句話的典故是出自中國的古典文學《莊子》一書。

比方說，你是國小棒球校隊的王牌，身邊都是球技不如你的隊友，你是否得意洋洋，認為

就讀國中以後……
我是B國小的王牌！
我是C國小的王牌！
我是D……
傻眼
什麼……

「我最厲害」呢？不過，其他學校一定也有身手了得的選手。學會這句慣用語，說不定就會令你反思「自己還有很多不足的地方」，而察覺到世界有多大！

被預言說中的你！

遇到讓你覺得「他比自己厲害」的對象時，就是成長的好機會。

用法

「このアニメのことはなんでも知っているから、博士って呼んでよ」「それはすごいけど、井の中の蛙大海を知らずにならないようにね」

「只要是有關這部動漫的事情，我全都知道。請叫我博士！」「那的確很厲害啦！但希望你不要變成井底之蛙，不知大海有多深喔！」

いわしの頭も信心から

沙丁魚頭也能顯靈

只要願意相信，任何東西都能成為招福的吉祥物。

沙丁魚屬於較為廉價的魚類，頭部味苦而且腥味重，往往直接丟棄而不食用。江戶時代在節分這一天，會將「沙丁魚頭」插在葉片長滿棘刺的桐樹枝上，並懸掛在玄關當作除厄避邪的裝飾。只要相信這樣就能趕走妖魔鬼怪，就算是沙丁魚頭也可以化身為吉祥物，完全一語道破人心，實在是太貼切了！

這句話既可用來表示深信不疑的力量有多大，也能用來嘲諷執迷不悟之人。

用法

「そのボロボロの消しゴムは何？」「受験に合格した先輩がくれたの。持っていると合格しそうでしょ」「いわしの頭も信心から、か」

「這個橡皮擦也太破爛了吧？」「這是考上好學校的學長送我的，帶著它感覺就能金榜題名。」「這就是所謂的『沙丁魚頭也能顯靈』吧。」

被預言說中的你！

即便是安慰劑，只要相信，似乎就會有效果！

嘘(うそ)から出(で)たまこと

弄假成真

這句慣用語是指，原本只是說說小謊、開開玩笑，事情卻真的變成那樣。

想逗同學、看他們著急，故意惡作劇地騙他們「明天聽說有小考」，結果居然真的演變成那樣！

像這種沒有惡意的謊言，倒也有幾分趣味。不過，有些謊言不但欺騙了許多人，還橫行無阻，甚至扭曲事實擾亂視聽，現代社會就充斥著許多假消息與「假新聞」。鐵口直斷道出當今現象的這句慣用語，也未免太過神準啦！

用法

「アイドルのマユタンと、将来結婚(しょうらいけっこん)する約束(やくそく)をしたんだ」「嘘(うそ)から出(で)たまことっていうこともあるから、わからないね」

「我跟我的偶像小茉茉說好，將來要結婚。」「有句話說『弄假成真』，所以搞不好有機會喔！」

被預言說中的你！

充滿希望與樂趣的謊言，如果都能成真該有多好呀！

嘘つきは泥棒の始まり

說謊小心變成賊

人一旦習慣說謊，漸漸就會覺得偷竊也沒什麼大不了的。這句話直指說謊就是走上歧路的第一步。

會想掩飾自身的失敗或錯誤乃人之常情，不過還請三思。若說謊已不會覺得良心不安，那事情就大條了。

認為「只不過是個小謊」而不以為意，是非常不妙的，所以先人們才會用這句話來告誡大家千萬別說謊。

遲到不是因為睡過頭，而是被幽浮擋住去路……這種無厘頭的謊言，倒也挺有趣就是了。

用法

「お母さんのプリン、お姉ちゃんがさっき食べていたよ」「私じゃないよ、あんたでしょ！ 嘘つきは泥棒の始まりだからね」

「媽，姊姊剛吃了妳的布丁。」「才不是咧，根本就是你吃的！說謊小心變成賊喔！」

被預言說中的你！

老是說謊，最後沒有人願意相信，就跟放羊的孩子一樣。

Q1

一起來挑戰！慣用語猜謎①

親子相關慣用語篇

本書正文介紹了「親の心子知らず（孩子不知父母心）」這句慣用語，不過其實還有很多與親子相關的慣用語喔！親子關係其實也是很能讓人產生共鳴的題材，這些慣用語或許現在還令你摸不著頭緒，但還是希望你能想想「自己將來也會這樣嗎？」，並把它們記下來。接下來就請大家一同來挑戰這些謎題看看！

題目 ☐內的詞彙是？

1 はえば立て、立てば☐の親心

〈提示〉孩子會爬以後就希望他們會站，會站了之後接下來是什麼？

2 かわいい子には☐をさせよ

〈提示〉從前交通不便，這是一項吃力又危險的活動。

3 ☐のしたい時分に親はなし

〈提示〉覺得要是父母還在時有做到就好了，而悔不當初。

4 親の☐茶が毒となる

〈提示〉（A）甘茶、（B）渋茶、（C）冷茶，究竟是哪一個？

◀答案請見下一頁

親子相關慣用語篇 謎題解答

1

はえば立て、立てば〔歩め〕の親心

會爬求站、會站求走的父母心

孩子會爬了就希望他們會站，會站了接下來就希望他們會走，形容父母迫切期待孩子成長的心情。

2

かわいい子には〔旅〕をさせよ

讓心肝寶貝去旅行

這句話是指，正因為將孩子當作寶貝，才更要透過磨練使其成長。不過在現代，旅行已成為輕鬆簡單的休閒活動了。

3

〔孝行〕のしたい時分に親はなし

子欲養而親不待

明白父母的辛勞，想盡孝道時，他們已不在世上。應該趁父母親在世時及時行孝喔！

4

親の〔甘〕茶が毒となる

父母的甜茶會變毒藥

這句話是指，父母寵溺孩子，就長遠的觀點來看，對孩子並沒有幫助，將來勢必會遇到問題。

馬の耳にねんぶつ

對馬念佛

現在不好好認真學習，將來吃苦的可是你啊！

嗯，我知道啦!!

不在乎

對馬念著能積功德的「南無阿彌陀佛、南無阿彌陀佛……」，而馬卻只忙著吃草。因為馬根本無法理解功德這項概念。如此景象令人莞爾，但這句話卻也適用於人類。

你是不是也有變成馬的時候呢？對他人的建議、意見或提醒充耳不聞，聽再多次都是左耳進右耳出。相信對方應該會感到愕然，並低語「馬の耳にねんぶつだな（簡直就是對馬念佛）」吧。這句話指的就是說破嘴也沒用的意思。

用法

「タケちゃんったら、また朝の当番忘れている！」「あれだけ何度も注意したのにね。馬の耳にねんぶつだな」

「小武又忘了早上輪到他當值日生！」「已經跟他說過很多次了耶，簡直是『對馬念佛』嘛！」

被預言說中的你！

你的爸媽一直以來都對這句話很有感!?

江戸(えど)のかたきを長崎(ながさき)でうつ

透過長崎報江戸之仇

因為足球賽輸球而想在下一場比賽扳回一城，是完全可以理解的。但利用足球賽來報食物被吃掉的仇，就顯得莫名其妙了。這句話是用來形容，在出乎意料的地方或利用毫無關聯的事物來報仇的情況。

這句話出自江戶時代的工匠人氣大車拚活動。在江戶舉辦的展覽會上，大阪工匠的手藝博得高人氣，讓江戶工匠覺得很不是滋味，沒想到長崎工匠的作品人氣更勝大阪。江戶工匠大為歡喜，認為長崎工匠替自己出了一口氣！進而衍生出這句慣用語。

被預言說中的你！

在哪裡跌倒就在哪裡爬起來最好。江戶的仇就用江戶來報！

用法

「ケン君(くん)にテストで勝(か)って嬉(うれ)しそう」「まりちゃんの好(す)きなタイプがケン君(くん)と聞(き)いて、負(ま)けてたまるか！って」「江戸(えど)のかたきを長崎(ながさき)でうつ、だね」

「考贏了小健，感覺你很開心耶！」「因為聽說真璃喜歡小健這種類型的男生，所以就覺得不能輸給他！」「這就是所謂的『透過長崎報江戶之仇』吧。」

絵（え）に描（か）いたもち

畫在紙上的大餅

哇，這大餅看起來好好吃喔！肚子餓了～什麼，居然是圖畫！那根本沒用嘛！無論畫得有多逼真，都無法透過圖像來填飽肚子。「絵に描いたもち」這句慣用語就是用來形容沒有用處、無法實現的計畫。這句話又簡稱為「画餅（がべい）」，是來自中國古代的典故。志向再遠大，如果只是說說的話根本無濟於事……。

訂下「暑假作業要在7月做完」的目標的確很不錯，但若未做出具體的規劃，就會像這句慣用語所說的那樣喔！共勉之！

用法

「サイエンス全集（ぜんしゅう）買（か）って！夏休（なつやす）みの自由研究（じゆうけんきゅう）で賞（しょう）を取（と）るんだから」「絵（え）に描（か）いたもちにならないよう、頑張（がんば）ってね」

「買科學全集給我嘛！我會在暑假的自由研究得獎的。」「可不要變成畫在紙上的大餅，加油喔！」

被預言說中的你！

就算不會實現，偶爾畫個充滿雄心壯志的大餅也挺有趣的。

鬼(おに)に金棒(かなぼう)

魔鬼再添狼牙棒

赤手空拳就本領高強的魔鬼，居然還有狼牙棒加身！這下不知會變多強。光想像就令人覺得不妙。

狼牙棒實在很符合魔鬼的形象，拿魔杖或霰彈槍就顯得格格不入。相襯的武器也是這句話的一大重點。意指強者加上恰如其分的好條件，將更添威力。

這句慣用語是用來形容正面現象的，像是原本就很強的球隊，若有身手了得的成員加入，就會變得更強。說出「鬼に金棒」這句話時，會有種無敵感，感覺真不賴！

被預言說中的你！

什麼樣的狼牙棒能讓你進化再升級呢？

用法

「作文(さくぶん)コンクールに入賞(にゅうしょう)したあいちゃんが、英会(えいかい)話(わ)も始(はじ)めたんだって」「英語(えいご)もペラペラになったら、鬼(おに)に金棒(かなぼう)だね！」

「小愛不但在作文比賽得獎，還開始學英文會話耶！」「如果連英文都講得呱呱叫的話，簡直是『魔鬼再添狼牙棒』呢！」

鬼のいぬ間に洗濯

趁魔鬼不在時喘口氣

這句話是指，趁很兇或很會管東管西的人不在時，逍遙自在一下的意思。

原文的「洗濯」意指「調劑身心」，暫離日常的辛勞或規矩，好好放鬆喘口氣。

你是不是也曾在媽媽出門後，開始大玩平常被加以限制的電玩，或是瘋狂看漫畫取樂呢?這句慣用語完全道破這種只想偷懶玩樂的心態，真的很神準!

或許老祖宗們也想透過這句話告訴大家，平常努力歸努力，偶爾也需要喘口氣休息一下。

用法

「隣のクラスから笑い声が聞こえるけど、何しているんだろう」「先生がお休みで自習になったらしい。鬼のいぬ間に洗濯だね」

「一直聽到隔壁班傳來笑聲，他們在幹嘛啊？」「好像是老師請假所以變自習課。就是所謂的『趁魔鬼不在時喘口氣』呀！」

被預言說中的你！

喘口氣放鬆是有必要的，但不要毫無節制喔！

鬼の目にもなみだ

魔鬼也會流眼淚

人人畏懼的魔鬼，有時也會展現惻隱之心而流淚。

無論是多麼恐怖或冷血的人，也會有大發慈悲或覺得感動的時候。

這句慣用語是從江戶時代的軼事中誕生的：「快按規定繳交年貢！」「請放我們一馬吧……」從耕田的老百姓身上徵收高額年貢的地方官，被稱為魔鬼。這名地方官因出於同情網開一面，而被形容為「鬼の目にもなみだ」。完全無動於衷者，則被稱為「血もなみだもない」。

被預言說中的你！

看到平常很嚴厲的人流淚時，也會忍不住跟著想哭吧。

用法

「あのきびしい田中先生が、シン君の遅刻の言いわけは聞いたって」「家族の看病で遅れたんでしょ。鬼の目にもなみだだよね」

「那位很嚴格的田中老師，居然信了阿進的遲到藉口耶！」「因為照顧生病的家人才來遲了，是吧？所以說『魔鬼也會流眼淚』呢！」

帯に短したすきに長し

當腰帶太短當綁帶過長

用來當和服的腰帶太短，可是拿來當綁帶（用來捲起並固定和服衣袖的繩子）卻又太長不合適。這句慣用語就是形容不上不下、無法派上用場或發揮功能的事物。

比方說背心這種衣物，毛絨絨地很暖和卻沒有袖子。夏天當然穿不住，冬天穿了又覺得手臂很冷！會令人疑惑究竟該在什麼季節穿才好……。

儘管很時尚，但作為禦寒衣物又顯得半調子。這句慣用語精準地道破了這樣的情況呢！

用法

「このメニューは、一人には多すぎるけど家族で食べるには少ないな」「帯に短したすきに長しだね」

「這份套餐一個人吃太多，可是全家人吃又太少。」「完全就是『當腰帶太短當綁帶過長』。」

被預言說中的你！

將半調子的東西重製成恰到好處，說不定會成為一大發明喔！

女心と秋のそら

女人心如秋天

秋天氣候多變化，明明剛才還晴空萬里，卻突然下起雨來。這句慣用語就以同樣的現象來比喻女人善變的心情。

佳奈直到前一陣子都還很喜歡阿昌，表現得濃情密意，但轉眼間竟然喜歡上小健！早在遙遠的過去，先人們便透過慣用語預言了這樣的狀況。

男孩子們總覺得女人心海底針，很難捉摸，不過，這句話的原始版本其實是「男心と秋のそら（男人心如秋天）」呢！

至江戶時代為止，人們慣用這句話來形容男人容易出軌、對女人的愛說變就變的情況。從明治時代開始，範圍則擴大至戀愛以外的事物，主角也轉變成「女人心」。

被預言說中的你！

無論男女，人心善變的程度是一樣的喔！

用法

「アクセサリー作りにハマっているって言っていたよね。新作できた？」「ううん。いまはお菓子作りだよ！」「女心と秋のそらだね」

「妳不是說現在很迷自己做飾品嗎？可有新作品？」「沒耶，我現在迷上做餅乾！」「還真的是『女人心如秋天』耶！」

おぼれるものはわらをもつかむ

溺水之人稻草也當救命繩

拜託，幫我寫作業！

寫不完啊

計算填空

3年級

救命啊！快要不能呼吸了！溺水時即便抓住輕飄飄的稻草也於事無補。可是人在遇到危急時，很難保持冷靜！

這名男孩應該是真的被逼急了，所以才會向年幼的弟弟求救，請他幫忙寫作業。明知找錯對象，但也顧不得這些，這樣的情況全被這句慣用語說中了！

稻草比喻「靠不住、抓著不放也沒用的事物」，因此說這句話時務必留意。若對人說出「わらをもつかむ気持ちでお願いします」，肯定會讓對方惱怒喔！

用法

「お父さんに料理を教わる？ お母さんのほうが上手なのに？」「明日家庭科のテストなの。お母さん帰り遅いし、おぼれるものはわらをもつかむだよ」

「要請你爸教你做菜喔？你媽應該比較厲害吧？」「明天家政課要考試，我媽下班時間晚，只能把稻草當成救命繩了。」

被預言說中的你！

明知是稻草，有時仍會有不得不硬著頭皮求救的情況發生。

親(おや)の心(こころ)子(こ)知(し)らず

孩子不知父母心

父母對孩子總是充滿關愛。可是孩子卻不明白父母的心情，動不動就耍任性、叛逆反抗或做出危險的行為。

老祖宗們早在以前就透過慣用語道破這樣的情況，或許你也認為「我的確是完全不明白父母的心情」也說不定，畢竟孩子總將父母的愛視為理所當然，而變得不珍惜。

不由分說地批評媽媽為你買的衣服「好俗氣!!」，媽媽或許會覺得很受傷喔!?

被預言說中的你！

身為孩子的，或許也想表示「父母不知孩子心」？

用法

「遊(あそ)んでいると塾(じゅく)に遅刻(ちこく)しちゃうよ」「いいのいいの。別(べつ)に行(い)きたくて行(い)っているわけじゃないから」「親(おや)の心子知(こころこし)らずね」

「再玩下去，補習會遲到喔！」「沒關係啦～又不是我自己想去的。」「孩子不知父母心！」

火中(かちゅう)の栗(くり)をひろう

火中取栗

對自己而言毫無益處，卻為了他人而冒險犯難。

《伊索寓言》裡，有則故事描述猴子與貓正在等地爐裡的栗子烤熟，接著猴子慫恿貓去撿栗子，自己卻把栗子吃個精光。貓不但被燙傷，而且還什麼都沒吃到。

有些人會認為：「這貓好笨喔！」不過，有些人卻覺得，明知危險卻大膽挑戰大家不願嘗試的事物，是很勇敢的行為。所以說，這句話也不全然是負面涵義喔！

用法

「トラブルが多(おお)くて試合(しあい)どころじゃないチームに、佐藤先生(さとうせんせい)が監督(かんとく)として入(はい)るんだって」「火中(かちゅう)の栗(くり)をひろうわけだね」

「這支隊伍很常出狀況，根本無法比賽。但聽說佐藤老師接下了教練的任務。」「簡直是『火中取栗』嘛！」

被預言說中的你！

若能順利撿起火中的栗子，或許會一舉成為英雄喔！

かつおぶしを猫(ねこ)にあずける

請貓保管柴魚片

柴魚片是貓的最愛，若把柴魚片交給貓保管……被吃個精光也是早晚的事吧！這句慣用語意指因一時不察而製造了不得大意、容易出錯的狀況。

未經過深思熟慮就將事情交給不合適的人選是很危險的，假如因為這樣而引發災禍也只能認了，這就是此句話的另一個涵義。

這句慣用語是來自江戶時代的發明家兼學者，平賀源內著作中的一節。犯糊塗可說是不分古今的全民運動呢！

被預言說中的你！

偷吃還沒端上桌的菜餚時，若說出這句話搞不好會被罵更慘！

用法

「かるたの札(ふだ)を並(なら)べるのを弟(おとうと)にまかせたら、すごい差(さ)で負(ま)けちゃった」「札(ふだ)を覚(おぼ)えちゃったんだよ。かつおぶしを猫(ねこ)にあずけたね」

「跟我弟玩時，讓他排歌牌，結果害我輸好慘。」「被偷記了歌牌的位置啦！這等於是『請貓保管柴魚片』嘛！」

聞いて極楽見て地獄

（きいてごくらくみてじごく）

聽起來像天堂，實際所見卻是地獄

我們去的那家補習班很有趣喔——!!
小花妳也一起來嘛！一定會上得很開心！
那我也去那裡補習好了！

大家是否曾有過這樣的經驗呢？聽聞某家補習班「教學活潑好懂，老師又很幽默」而報名，實際上卻非常嚴格，而且必須拚命讀書才跟得上。

從別人那裡聽來的事情，有時會與實際情況有很大的出入，現實往往比傳聞來得嚴苛。這句慣用語，正說明了當事人想發難表示「這跟我聽到的不一樣！」的情緒。

「極樂」為佛教用語，意為無憂無慮的幸福所在。這樣的地方卻突然間變成地獄，落差實在太大。而這也是此句慣用語有趣的地方。

這句話是從江戶時代比喻遊

廓（女人表演歌舞、接待男客的地方）的說法演變而來的。鄉村的姑娘們聽聞「在那裡可以穿漂亮的衣服，而且吃香喝辣」而被賣到遊廓去，但等著她們的卻是地獄般的生活。

被預言說中的你！

其實長大成人後，也經常會遇到「這跟我聽到的不一樣！」的情況。

用法

「遊園地どうだった？」「どれも楽しいって聞いていたのに全然違ったよ。絶叫マシン苦手だし、早く帰りたくて」「聞いて極楽見て地獄だね」

「遊樂園好玩嗎？」「原本聽說每項設施都很好玩，但根本不是那樣。我不敢坐刺激的遊樂設施，只想早點回家。」「完全就是『聽起來像天堂，實際所見卻是地獄』嘛！」

窮すれば通ず

窮則變，變則通

我只花1天就寫完了——

8月31(一)

暑假之友

習題

還……還真厲害呢……

……是說，這值得稱讚嗎？

這句話是指，面臨致命危機，但及時找到解套方法並順利解決的意思。先人們從古早以前便發出預言，要我們不必過於擔心，膠著狀態總會有轉圜的餘地。

其實這句話是出自於中國古代超級有名的占卜典籍《易經》，所有的事物都會產生變化，即使是危機狀態也不例外。放著作業不管，轉眼間已來到暑假的最後一天！這句話告訴我們，即使面臨糟糕透頂的情況，或許還是有辦法解決的（不過這種危機其實是可以避免的）。

用法

「オーディションの課題が当日に変わったんだって？」「でも、突然アイデアがひらめいて合格できたの。窮すれば通ずだね」

「聽說試鏡時的考題在當天才臨時改變？」「好險我突然有靈感，才順利過關。這就是所謂的『窮則變，變則通』吧。」

被預言說中的你！

被逼到絕境的確能發揮最大的力量，但在這之前也不能擺爛！

くさいものにふたをする

加蓋掩臭物

這句話是指做壞事或搞砸了某件事，不想被別人知道而暫時隱瞞的情況。也可以用來形容刻意迴避不想看見的事物。

就算加了蓋子，若未移除會發臭的東西，不過只是暫時性的因應對策罷了。拿掉蓋子後仍舊很臭，而且還會加倍地臭！搞不好會臭氣沖天到連加蓋都擋不住，真的很可怕呀！

這句話早已道破，儘管把考砸的考卷藏起來，就能暫且假裝沒這回事，但終究也只能躲得了一時！

被預言說中的你！

一旦用蓋子掩飾後，

就會害怕再打開它。

用法

「友達(ともだち)の家(いえ)で模型(もけい)を壊(こわ)しちゃった。くっつけておいたけど、やっぱり謝(あやま)る」「くさいものにふたをしているわけにはいかないよね」

「我在朋友家把模型弄壞了，雖然有先黏回去，但還是應該道歉才對。」「畢竟不能用『加蓋掩臭物』的方式來應付。」

苦しいときの神だのみ

臨時抱佛腳

「神啊！求您幫幫我！」平常不燒香拜佛，遇到困難時才突然誠心祈求，連神都會嚇一跳吧。你也曾有過這樣的經驗嗎？一旦問題解決以後，又會忘個一乾二淨。

這句慣用語一語道破人們往往在遇到問題後，才向神明祈願的自私心態。

它也可以用來形容，平常總是不聞不問，只有遇到困難時才找人求救的態度。

看到這種人時，就會覺得：「喂喂喂，臉皮也太厚了吧！」不過，搞不好自己也是這樣喔！

用法

「明日のテスト範囲教えて！」「勉強は自分でするものだって、言ってなかった？」「ノートを取り忘れたんだ。苦しいときの神だのみでさ、お願い！」

「告訴我明天的出題範圍嘛！」「不是跟你說，功課得靠自己讀嗎？」「我忘了抄筆記了嘛！就讓我『臨時抱佛腳』一下，拜託！」

被預言說中的你！

受到哀求的一方，聽到自己被比喻成佛，應該不會不開心吧？

弘法（こうぼう）は筆（ふで）を選（えら）ばず

弘法不挑筆

「如果筆再好一點的話，應該能完成更好的作品。」技藝愈不精湛的人，愈愛拿工具當藉口。這句話的意思是，真正的高手無論遇到多惡劣的條件，都能交出一流的成果。

弘法指的是日本三大書法家之一，弘法大師。他另一個廣為人知的法號是「空海」，乃真言宗的開山始祖。弘法大師自有一套挑筆哲學，但筆再不好也能寫出一手好字，只能說果真是高手！

如果是桌球好手的話，拿拖鞋當球拍或許也能打得有聲有色吧!?

用法

「ぼくのゲーム機（き）使（つか）っていいけど、コントローラーが調子（ちょうし）悪（わる）くて」「それでもクリアしてみせる！ 弘法（こうぼう）は筆（ふで）を選（えら）ばずさ」

「遊戲機借你玩，但我的搖桿不靈光。」「我還是會想辦法過關的！俗話說，弘法不挑筆嘛！」

被預言說中的你！

對工具很講究卻不過度依賴，是很帥氣的喔！

権兵衛が種まきゃからすがほじくる

權兵衛播種，烏鴉在後啄食

這句慣用語是形容好不容易做完一件事，卻遭他人破壞而做白工。聽起來倒是頗逗趣的，典故來自於日本三重縣的民間故事。

權兵衛是真實人物，在江戶時代從武士轉行成農民。播種對他來說是很陌生的工作，烏鴉們則尾隨在後，趁機吃掉種子。村民便打趣地唱道：「權兵衛播種，烏鴉在後啄食。每隔三回就得趕一次。」

愈挫愈勇的權兵衛，後來成為村子裡收穫最多的農家，廣受愛戴，甚至還成為慣用語的主角。

用法

「誕生日会用に料理をいろいろ作ったのに、お兄ちゃんが次々味見してなくなっちゃった」「権兵衛が種まきゃからすがほじくる」

「我為了慶生會做了很多菜，我哥卻不斷試吃，把東西都吃光了。」
「簡直就是『權兵衛播種，烏鴉在後啄食』嘛！」

被預言說中的你！

假如你年紀還小，可能比較接近「烏鴉」而非「權兵衛」吧？

猿も木から落ちる

猴子也會從樹上掉下來

就連擅長爬樹的猴子，有時也會失手從樹上掉下來。這句慣用語的意思是，就算是箇中高手，也會有失敗的時候。

即便是深獲大家信賴，被認為絕對靠得住的王牌，也會有失誤的時候吧。

射門完全偏離軌道，本人與隊友們的臉色也跟著變得鐵青，只能「啊——」地張口結舌……。像這種時候就可以用「猿も木から落ちる」這句話來緩和氣氛。

這句慣用語的由來已久，也安慰了很多人喔！

用法

「先生が黒板に書いた答えが間違っていて、みんなびっくりしてたよ」「先生が？　猿も木から落ちるって言うしね」

「老師寫在黑板上的答案是錯的，大家都覺得很驚訝。」「老師也會這樣喔？果真是猴子也會從樹上掉下來呢！」

被預言說中的你！

失敗時，就用這句慣用語來為自己加油打氣！

山椒は小粒でもぴりりとからい

山椒小粒就很辣

躲避球怎樣就是打不中圖中這位小朋友！個子嬌小卻敏捷有實力，實在了得！「山椒は小粒でもぴりりとからい」是形容個頭雖小卻很有才華或勇氣，因此不容小覷。

大家有吃過山椒嗎？這是日本自古以來使用的香辛料，主要用於鰻魚等料理。山椒有股淡雅的香味，會讓舌頭感覺麻麻的，辣度令人難以招架！它的果實很小，只有2~3公厘，如果以為沒什麼威力而大量送入口中，可是會引發嚴重後果的喔！

用法

「4年生のカズ君が、児童会で6年生に意見してたよ。『それは違うと思います！』って」「まさに、山椒は小粒でもぴりりとからいだね」

「四年級的阿和，居然在學生會向6年級生表達意見耶！還說：『我覺得不是這樣！』」「完全展現了『山椒小粒就很辣』的氣魄。」

被預言說中的你！

「japanese pepper」是山椒的英文，真可謂迷你日本代表選手！

知(し)らぬがほとけ

不知者沒煩惱

這句慣用語的意思是，有時得知某件事，反而會覺得生氣或受到打擊，不知情的話就能像佛陀那樣保持平靜的心情。

明明是事實，卻說有時候不知道會比較好，聽起來似乎有點消極。不過，譬如說，某男孩收到喜歡的女孩送的巧克力而覺得非常開心，但其實這是該女孩原本打算送給頭號真命天子的禮物，像這種事當事人還是不要知道比較幸福吧。

這句話還可用來嘲諷別人，像是愛裝帥卻完全沒察覺到鼻毛跑出來之類的情況。

用法

「タカ君(くん)、野球部(やきゅうぶ)のキャプテンに選(えら)ばれて喜(よろこ)んでたけど、コウ君(くん)が辞退(じたい)したからなんだって」「知(し)らぬがほとけ。黙(だま)っていよう」

「小隆被選為棒球隊的隊長而超開心，不過聽說是因為小康推掉才選他的。」「不知者沒煩惱，就別說破吧！」

被預言說中的你！

鼻毛這種事究竟是被吐槽好還是蒙在鼓裡好，挺令人糾結的。

好(す)きこそものの上手(じょうず)なれ

喜歡才會求進步

當我們做喜歡的事情時，總感覺時間過很快，對吧？持續付出努力、不以為苦，就會不斷地精進。這句話直指，喜歡某事物會讓你變得愈來愈專精。

距今約500年前，有位名叫千利休的茶道大師曾說：「巧手、訓練、喜愛這3項條件中，喜愛才能令人有所精進。」也就是說，「喜愛」是讓人想進步的最大因素。

你喜歡什麼呢？能完全投入、渾然忘我，代表有那方面的才華。好好加以磨練，或許能成為佼佼者喔！

用法

「この手作(てづく)りクッキーおいしい！どんどん上達(じょうたつ)するね」「好(す)きこそものの上手(じょうず)なれだよ。楽(たの)しいからあれこれ工夫(くふう)しているんだ」

「這個手工餅乾好好吃喔！你的手藝愈來愈好了。」「喜歡才會求進步嘛！做起來開心自然就會想再下更多功夫。」

被預言說中的你！

喜歡這種情緒具有很大的力量！先人們也為你加油打氣喔！

Q2

一起來挑戰！慣用語猜謎②
夫妻相關慣用語篇

原本素昧平生的兩個人相識結為夫妻，共度漫長的歲月。在這段漫長的婚姻生活中，相信應該也會有遇到煩惱的時候。

自古以來，有很多慣用語都分享了夫妻和睦相處的祕訣。

你的家人們是否也知道這些慣用語呢？請一起來作答看看吧！

題目 [　　] 內的詞彙是？

1 馬（うま）には[　　]みよ、人（ひと）には添（そ）うてみよ

〈提示〉馬會令人聯想到什麼呢……？或許你也曾體驗過？

2 夫婦（ふうふ）[　　]は犬（いぬ）も食（く）わぬ

〈提示〉在一起久了，即使感情再好，偶爾也會發生這種情況。

3 破（わ）れ鍋（なべ）に[　　]

〈提示〉（A）取（と）っ手（て）、（B）綴（と）じ蓋（ぶた）、（C）カレー，究竟是哪一個？

4 お前百（まえひゃく）までわしゃ[　　]まで

〈提示〉比喻白頭偕老時，若對方百歲，自己會是幾歲呢？

◀答案請見下一頁

夫妻相關慣用語篇 謎題解答

1

馬には〔乗って〕みよ、人には添うてみよ

路遙知馬力，日久見人心

這匹馬究竟有多好，必須實際騎乘後才會知道。同樣地，結為夫妻朝夕相處後，才會明白對方的好。

2

夫婦〔ゲンカ〕は犬も食わぬ

夫妻吵架，連狗都不想理

就連對事物總是充滿好奇心和熱情的狗，也懶得搭理夫妻吵架。這句話是指，夫妻會為了小事爭吵，但床頭吵床尾和，放著不管自然就會好的意思。

3

破れ鍋に〔綴じ蓋〕

破鍋配破蓋

有裂痕（破爛）的鍋子，配上修補過（拼貼）的鍋蓋剛剛好。這句話的意思是，每個人自有適合的對象。

4

お前百までわしゃ〔九十九〕まで

你活百歲我活九十九歲

這是祈願夫妻感情融洽，而且白頭偕老的慣用語。原文的「お前」代表「老爺子」，也就是丈夫之意。由此可知，這句話是站在妻子的角度來說的。

背に腹はかえられぬ

後背無法取代腹部

武士持刀作戰時，必須嚴加保護腹部。因為這裡有腸胃等重要器官分布，要是被擊中的話，恐會成為致命傷。

為了保護無比重要的腹部，顧不得背部也是無可奈何的……。

這樣的情況相當不妙吧？此句慣用語就是指，在這種緊急狀況下，只能以少量的犧牲來換取重要事物的平安。

雖然很想聽課，但肚子拉警報！像這種時候，犧牲聽課的時間也是不得已的，儘管直奔廁所就對了！

被預言說中的你！

以生存遊戲的觀點來運用「犧牲後背堅強活下來」的概念。

用法

「お父さんの地味なカサをさすのはいやだなぁ」「あなたのカサは壊れちゃったし、雨なんだからしかたないよ。背に腹はかえられないでしょ」

「實在很不想撐我爸那支不怎麼樣的傘耶……」「你的傘壞了，又剛好下雨，只能湊合著用啦！畢竟『後背無法取代腹部』嘛！」

前門(ぜんもん)の虎(とら)、後門(こうもん)の狼(おおかみ)

前門拒虎，後門進狼

睡過頭為了趕公車而狂奔，好不容易搭上車卻遇到大塞車！壞事總會接二連三地發生，解決了一災，又遇到另一災，簡直逼得人無法喘息。

像這種「心有戚戚焉」的情況，也被這句慣用語完美料中。

才剛趕跑了正準備從前門入侵的老虎，沒想到又有野狼從後門進犯……，真的是很不妙的狀況呢！

這是出自中國古代的典籍，該故事描述無論多勇敢的人，遇到這樣的情況也會招架不住。

此句慣用語很容易讓人誤以為與「兩邊夾擊」同義，但其實完全不同，還請加以留意。它是用來比喻「禍患接踵而至」的險惡處境。

被預言說中的你！

不斷遇到災禍的確很困擾，不過這句慣用語卻給人一種威猛感。

用法

「暑くて喉がかわいて死にそう！（ジュースをがぶ飲み）うっ、お腹が…」「今度はお腹を壊したの？ 前門の虎、後門の狼だね」

「好熱，快渴死了！（狂喝飲料）嗚，我的肚子……」「這下吃壞肚子了？簡直是『前門拒虎，後門進狼』嘛！」

宝(たから)の持(も)ちぐされ

持有珍寶也枉然

明明手邊有好用的東西卻放著不用，甚至是不會用，實在很可惜！像這種情況就可用「宝の持ちぐされ」來形容。

不僅限於物品，才華也是這樣，有用的東西就是要使用，才能發揮價值。

然而，不太清楚實際用法，或是本人不知這樣東西是個寶，而未加以活用的情況比比皆是。以電腦為例，閒置不用時，就只是個佔空間的物品罷了。

像這樣被慣用語說破時，就會產生「原來如此！那得多加活用才是」的動力。

被預言說中的你！

你有好好運用手邊那些有價值的東西嗎?

用法

「このオーブン、高(たか)かったのに全然使(ぜんぜんつか)っていないね」「そういえば電子(でんし)レンジばかり使(つか)っていたわ」「宝(たから)の持(も)ちぐされだよ」

「這個烤箱很貴，但感覺完全沒在使用耶！」「沒錯，因為我都只用微波爐而已。」「這樣的話『持有珍寶也枉然』喔！」

立(た)っているものは親(おや)でも使(つか)え

被逼急了，使喚父母也有理

飲料灑在課本上了……真糟糕，得快點搶救才行！實在沒時間起身去拿抹布，總之就是快拿來呀！媽媽！

像這種時候，吆喝父母應該也不會被罵「你不會自己去拿!!」吧。而且還可以用這句「立っているものは親でも使え」來當藉口。

要開口請上級或長輩幫忙是有點難以啟齒的，而且從前的人比現代人有更多的顧忌，因此這句慣用語對他們而言就像一劑強心針。話雖如此，可不能每天使喚父母喔！

被預言說中的你！

先人竟發明了名正言順拜託尊長幫忙的慣用語，真是太神了！

用法

「あ！ 風(かぜ)で宿題(しゅくだい)のレポートが！」「よし、先生(せんせい)が取(と)ってこよう。遠慮(えんりょ)するな、立(た)っているものは親(おや)でも使(つか)えだ」

「啊！我的報告作業被風吹走了！」「好，老師去幫你拿回來。不用客氣，有道是『被逼急了，使喚父母也有理』嘛！」

棚(たな)からぼたもち

櫃子掉下甜餡餅

打出會被接殺的外野飛球，卻因強風殺得對手措手不及，打者一鼓作氣跑回本壘！像這種超幸運的情況就可形容為「棚からぼたもち」，意指無須煞費苦心便獲得意想不到的幸運，簡稱「棚ぼた」。

牡丹餅（ぼたもち）是日本在彼岸節掃墓祭祖時用來當供品的甜點，對古時候的人來說，是很珍貴的食物。

正張開嘴巴呼呼大睡時，珍貴的牡丹餅突然從櫃子上掉下來，而且剛好落入嘴巴裡，實在很妙呀！像這樣的情況令人求之不得，再多都不嫌煩。

被預言說中的你！

不妨用「棚ぼた！」取代「ラッキー！」的說法。

用法

「散歩中(さんぽちゅう)に偶然(ぐうぜん)、親戚(しんせき)のおじさんに会(あ)ったよ。それでお小遣(こづか)いもらっちゃった！」「棚(たな)からぼたもちだったわね」

「在散步途中恰巧遇到親戚家的叔叔，還給我零用錢耶！」「簡直像『櫃子掉下甜餡餅』！」

出ものはれものところ嫌わず

生理現象不挑時間地點

放屁是不挑時間地點，也不受控制的生理現象。痘痘之類的腫塊也是這樣。就算內心吶喊「拜託別在這時出現」、「拜託不要長在鼻頭」也完全行不通，它們照樣我行我素地來報到。

這句話經常被用來當作不小心在人前放屁時的藉口。畢竟這是自然產生的現象，與本人的意志無關，所以也拿它沒轍。用此句慣用語來為放屁找藉口，或許會令人刮目相看也說不定？

生產時，也會用這句慣用語來形容喔！

用法

「おでこの真ん中にニキビできちゃったんだね」「目立つからいやだなぁ」「出ものはれものところ嫌わず。しかたないよ」

「痘痘剛好長在額頭正中間耶！」「超明顯的，覺得很討厭。」「沒辦法，生理現象不挑時間地點嘛！」

被預言說中的你！

不小心放屁時，就是秀慣用語的好機會！

天は二物を与えず

金無足赤，人無完人

有一位長相出眾的美少女是大家愛慕的對象，可是，上音樂課聽她唱歌以後，才發現她是個大音癡，令人有點小失望。這句慣用語神奇地道破這種經常會有的現象。

一個人並不會天生擁有數不盡的優點或才華，畢竟老天沒有這麼慷慨。

原文的二物並非指稱「兩樣」事物，而是代表複數之意。就算你認為有些人「根本擁有二物、三物」，他也一定有他的缺點，因為世上沒有十全十美之人。

被預言說中的你！

上天未賦予的，可以透過努力來取得。

用法

「国語から体育までオール5の小川君、図工は2だって」「絵だけはダメだからね。天は二物を与えずだ」

「從國語到體育的評分等級都是5的小川，聽說美勞只有2耶！」
「繪畫就是他最大的罩門，所謂『金無足赤，人無完人』。」

灯台もと暗し（とうだいもとくらし）

燈台底下反而暗

一直遍尋不著的東西，其實出乎意料地往往就在身邊。譬如忙著找毛巾時，被他人吐槽「不就在旁邊嗎？」之類的，身邊的事物反而令人疏於察覺，這就叫做「灯台もと暗し」。

這裡所說的燈台，並非設置在海邊的燈塔，而是自古使用至江戶時代的生活必需品「燭台」。點上蠟燭能照亮四周，但燭台正下方卻因為背光而難以看清。生活在沒有電力時代的人們，透過這句慣用語來點出「其實東西就近在眼前喔！」」。

用法

「こんなに近所（きんじょ）に、カブトムシがたくさんいる木（き）があったなんて！」
「灯台（とうだい）もと暗（くら）しだね」

「沒想到在這麼近的地方，居然有獨角仙大量棲息的樹！」「這就叫做『燈台底下反而暗』呀！」

被預言說中的你！

可用來形容眼鏡架在頭上卻問「眼鏡跑哪去了？」的那種人。

毒(どく)を食(く)らわば皿(さら)まで

吃毒要連盤子都吞下去

這個情況真的是太不妙了。

此句慣用語代表一旦做了壞事便無法挽回，乾脆一不做二不休的意思。

吃了被下毒的食物終究難逃一死，事已至此，通通吃下肚、外加舔盤子也不會有任何改變。因此倒不如舔得乾乾淨淨、吃個痛快。這句話就是形容此種將錯就錯的心態。

原本應該跟妹妹對分的點心，被自己吃掉一大半，最後只剩兩顆。既然如此的話，乾脆全吃完！相信大家應該也有這樣的經驗吧？

事到如今已無法再找藉口，只得壞到底，這種自暴自棄的心

態就很適合使用此句慣用語。

除了做壞事之外，也可以用來形容一旦開始挑戰艱困的任務後，就會努力到底的決心。

被預言說中的你！

「事已至此，乾脆耍賤招！」有時是不是反而覺得很痛快？

用法

「すごい落とし穴ができたね」「あとは枯れ葉でかくすだけだから、ぼくが一人でできるよ」「手伝うよ。毒を食らわば皿までだ」

「這個用來整人的坑還真逼真耶！」「接著只剩鋪上枯葉掩飾就好，我一個人做就可以了。」「也讓我幫忙吧！畢竟『吃毒要連盤子都吞下去』嘛！」

隣（となり）の芝生（しばふ）は青（あお）い

鄰家的草皮比較綠

隔壁小朋友手上的冰淇淋看起來比較好吃，我也想要那個！其實吃起來跟自己手上的並沒有兩樣。我想大家一定有這種經驗吧！老祖宗們從古早以前便道破了這一點。

「隣の芝生は青い」這句慣用語指的是，別人的物品看起來往往比自己擁有的更好。就字面意義來解釋，鄰家的草皮看起來就是比自家的翠綠漂亮。

當你覺得羨慕某人時，還請回想起這句慣用語喔！

用法

「君（きみ）の家（いえ）はいいなぁ。お母（かあ）さんがやさしくてお料理（りょうり）上手（じょうず）でうらやましい」「そうかなあ。普通（ふつう）だよ。隣（となり）の芝生（しばふ）は青（あお）いってことだね」

「你家真好，媽媽溫柔又很會做菜，實在好羨慕。」「是嗎？我覺得很普通耶！這就是『鄰家的草皮比較綠』吧。」

被預言說中的你！

或許別人也很羨慕你所擁有的喔！

捕らぬ狸の皮算用

狸貓尚未到手就在盤算毛皮怎麼賣

「不知能領到多少壓歲錢，我想買這個跟那個」計畫得很快樂，但實際金額卻比想像中少，大家有過這種洩氣的經驗吧？明明錢都還沒領到，就開始打如意算盤，這樣的情況也被此句慣用語完全道破。

在從前，狸貓的毛皮是高級禦寒用料，因此人們總忍不住盤算「獵捕到狸貓能賣多少錢」。然而，並不一定能成功獵到狸貓，而且據說狸貓會幻化成人形，要捉牠可沒那麼容易。所以這句慣用語便以幽默的方式來告誡世人，打如意算盤是多麼愚蠢的一件事。

用法

「この宝くじ、一等は3千万円だって！もし当たったら、海外旅行に行って…」「まだ宝くじを買ってすらいないじゃん。捕らぬ狸の皮算用だね」

「這個彩券的頭獎是3千萬圓耶！如果中獎的話我要去國外旅行……」「不是連彩券都還沒買嗎？根本就是『狸貓尚未到手就在盤算毛皮怎麼賣』。」

被預言說中的你！

你一臉竊喜打著如意算盤的模樣，早就被這句話料個正著了！

虎の威を借る狐

狐假虎威

這句慣用語是形容沒有本事者，假借他人的權勢來作威作福的情況。

出處則是來自中國古代的傳說。某隻老虎正要攻擊狐狸時，狐狸表示：「我是神明的使者，勸你最好不要吃我喔！不信的話跟我來，所有動物看到我都會退避三舍。」老虎聞言後尾隨著狐狸一探究竟，結果動物們真的紛紛逃走。其實大家只不過是因為懼怕老虎才躲起來而已。

這隻狐狸很聰明，但如果太常用這招，反而會顯得自己很沒本事喲！

被預言說中的你！

這句話可能名列最不想被人這樣形容的十大慣用語之一。

用法

「クラスのリーダーだったコウちゃんが引っ越して、みっ君元気ないね」「あんなに威張っていたのにね。虎の威を借る狐だったんだよ」

「班上的靈魂人物小康轉學後，阿實整個人無精打采耶！」「之前明明那麼囂張，完全就是『狐假虎威』嘛！」

泥棒を捕らえて縄をなう

（どろぼう を と らえて なわ をなう）

抓到賊才趕著製繩

有小偷!!抓到了！現在要做綑綁你的繩子，給我乖乖等著喔……這也太慢半拍了吧！慢到讓人不敢恭維，簡直就像搞笑橋段般令人發噱。

平常沒做任何準備，事情發生後才急忙張羅，就叫「泥棒を捕らえて縄をなう」，簡稱「泥縄（どろなわ）」。相信這也是大家常有的經驗。

平時準備好手電筒，無法使用電力時就可以立刻派上用場。等停電時才問：「手電筒在哪裡？」就是這句慣用語所表達的意境。先人們早在很早以前便道破這樣的情況呢！

用法

「次の授業で発表だって、急に言われた！ いまから準備する」「どう考えても間に合わないよ。泥棒を捕らえて縄をなうだね」

「突然宣布下一堂課就要進行發表，我現在才要準備耶！」「怎麼想都來不及呀！你根本就是『抓到賊才趕著製繩』嘛！」

被預言說中的你！

用「泥縄！」來取代「遅いわ！」的吐槽方式吧！

どんぐりの背比べ（せいくらべ）

橡實比塊頭

以一分之差的考試成績取勝！如果是高分之間的競爭倒沒話說，但是31分、32分這種分數實在不怎麼樣。在這種沒有看頭的地方爭高低，其實不太有意義，而且還直呼「贏了！」，反而令人覺得尷尬。

大家程度大同小異，沒有人特別優秀，就叫做「どんぐりの背比べ」。此言對橡實是有點失禮，但因為每種橡實的形狀與大小都差不多的緣故，才會發展出這句慣用語。既然要競爭的話，就應該把格局放大才是。

用法

「あはは、お兄（にい）ちゃんの絵（え）、下手（へた）だなぁ」「お前（まえ）のだって何（なん）の絵（え）だかわかんないよ。どんぐりの背比（せいくら）べだって言（い）われるぞ」

「啊哈哈！哥，你很不會畫耶！」「你的也是鬼畫符好嗎？這樣人家會說你是『橡實比塊頭』喔！」

被預言說中的你！

比意思相近的「目くそ鼻くそを笑う」來得可愛多了就是。

飛(と)んで火(ひ)にいる夏(なつ)の虫(むし)

飛蛾撲火

大家曾在夏天夜裡看過蛾等蟲類聚集在燈光下的情景嗎？這是夜行性昆蟲的習性，會不斷靠往發出強光的地方。即便是炙熱的烈焰，也會忍不住飛撲進去而被活活燒死！

用來比喻夏季昆蟲此種特性的慣用語，就是這句「飛んで火にいる夏の虫」，一語道破對危險毫無所覺、奮不顧身地奔向災禍的情景。真是可怕呀～。

炫耀自己做完功課、無事一身輕後，反而被要求做家事……，就算後悔也來不及了，畢竟是自己送上門的嘛！

用法

「次(つぎ)の練習試合(れんしゅうじあい)の相手(あいて)、隣町(となりまち)のチームだって」「県(けん)大会(たいかい)の優勝(ゆうしょう)チームだよ！　飛(と)んで火(ひ)にいる夏(なつ)の虫(むし)って言(い)われないように、しっかり作戦(さくせん)をねろう！」

「聽說下次的練習賽對手，是隔壁區的強隊耶！」「他們是縣運動會的冠軍耶！我們必須好好擬定對策才行，免得被人家說是『飛蛾撲火』！」

被預言說中的你！

應該比昆蟲聰明的人類，有時也是會傻傻地「奮不顧身」呢！

泣(な)きっ面(つら)にはち

已哭還被蜂螫臉

這句慣用語是指已經遇到很糟的情況了，又接著發生更糟的事。

因悲傷而哭到臉都水腫了，沒想到還被蜜蜂螫到，一整個腫上加腫又刺痛，簡直是倒楣到家。會令人忍不住想吶喊，幹嘛偏要挑在這時候來螫人呀～！

上課上到一半突然想上大號……也是很常見的衰事，好死不死還被老師點名回答問題，如果因為屎意而「聽不進上課內容」的話，根本就是糟到不能再糟的情況，讓人忍不住想哭，心想：「為何偏偏現在點到我？」完全就是「泣きっ面にはち」的最佳寫照。

就請山田同學來作答吧！
!!!
不行!!我現在不能站!!
喂——山田～？
而且剛才根本沒在聽啊!!
天啊啊啊啊啊～

但不知為何，像這種禍不單行的狀況其實很多。這句話非常貼切地形容了上課中接二連三面臨問題的慘狀，實在很有畫面呀！

被預言說中的你！

愈是希望老師現在千萬不要點到我，愈容易中鏢。

用法

「昨日のピクニックで、お弁当を地面に落としちゃって。しかも、そのあと雨がふってきたの」「泣きっ面にはちとは、このことだね」

「昨天野餐時便當掉到地上，接著還下起雨來。」「完全就是『已哭還被蜂螫臉』。」

なくて七癖（ななくせ）

無自覺也有七怪癖

思考時，人們常有抓頭、轉筆、咬筆等習慣……。

或許自己對這些行為並沒有自覺，不過這句慣用語告訴我們「任何人多多少少都有怪癖」。它其實經過省略，全文是「なくて七癖あって四十八癖（無自覺也有七怪癖，有自覺則為四十八）」。乍看沒有壞習慣的人也大概有7種怪僻，而有很多壞習慣的人則高達48種，多到令人覺得不妙！

除非有人指出自己的怪癖，否則其實很難察覺。先人們透過這句話道出：「其實你也有怪癖喔～」

被預言說中的你！

你有什麼樣的怪癖呢？不妨問問周遭的人看看。

用法

「お父（とう）さんがくしゃみしたあと『チクショー』って叫（さけ）ぶ癖（くせ）、結婚（けっこん）する前（まえ）は知（し）らなかったわ」「お母（かあ）さんも爪（つめ）をかむ癖（くせ）があるよ。なくて七癖（ななくせ）と言（い）うでしょ」

「爸爸打完噴嚏後有亂喊『畜生』的怪癖，我在結婚前都不知道。」「媽媽妳也有咬指甲的壞習慣呀！不是都說『無自覺也有七怪癖』嗎？」

憎まれっ子世にはばかる

調皮的孩子反而吃香

這句慣用語是指被他人討厭者反而能獲得好評、讓很多人服從他的意思。日文的「はばかる」是形容「吃得開」或「勢力龐大」。

調皮搗蛋、冥頑不靈的孩子，往往讓周遭人覺得「有點難搞」，但很多時候卻被視為領導人物。

這樣的現象從古早時代起，就被此句慣用語道破了。它既可用來當作攻擊活躍之人的壞話，也具有被討厭並沒什麼大不了的含意。

被預言說中的你！

與其害怕被討厭而不敢行動，當個調皮的孩子或許還比較好。

用法

「あいつ、威張りんぼだよね」「クラスではそう思われてるけど、下級生たちには信頼されてるって。憎まれっ子世にはばかるだ」

「那傢伙很囂張耶！」「他在班上給人的感覺是這樣沒錯，不過聽說學弟妹們很信任他呢！正所謂『調皮的孩子反而吃香』。」

猫に小判（ねこにこばん）

送貓金幣

原文的小判是流通於江戶時代的高面額貨幣，一枚換算成現代的幣值約等於10萬日圓！不過，只有人類會覺得這樣的東西有價值，若轉送給貓，人家還不領情呢！肯定是冷冷地瞄一眼後，便轉身離開。同樣地，先人們早已透過這句慣用語指出，無論多麼珍貴的東西，若交到不識貨的人手上，也無用武之地。

高級鋼筆對大人來說是「上等好物」，但小朋友應該似懂非懂吧？這名父親可能會覺得此舉等同「猫に小判」，而感到有些失望也說不定。

用法

「お父（とう）さん、このレアなカードあげようか。すごく強（つよ）いキャラのだよ」「ん？ それは何（なに）に使（つか）うの？」「猫（ねこ）に小判（こばん）のようだね」

「爸，給你這張很稀有的卡，這個角色超強的喔！」「嗯？這是要用來幹嘛的？」「感覺好像『送貓金幣』一樣。」

被預言說中的你！

很多東西要等長大後才會知道多有價值，先好好珍藏起來吧！

Q3

一起來挑戰！慣用語猜謎③

動物相關慣用語篇

本書介紹了很多以動物為主角的慣用語，像是「猿も木から落ちる（猴子也會從樹上掉下來）」、「猫に小判（送貓金幣）」等等。以動物做比喻不但好懂，而且讓人覺得很親近。本單元列舉了更多有關動物（生物）的慣用語，不知你能答對幾題呢？

若想了解其他動物慣用語的話，不妨主動查找一下喔！

題目 [　　] 內的詞彙是？

1 犬も歩けば[　　]に当たる

〈提示〉與「鬼に金〔　〕」一詞有異曲同工之妙。

2 カエルの面に[　　]

〈提示〉潑在別人身上會被罵，但沒這樣東西便無法活命。

3 月と[　　]

〈提示〉具有圓殼的生物，顏色偏黑相當不起眼。

4 腐っても[　　]

〈提示〉常被用來慶祝喜事的高級魚類。

◀答案請見下一頁

A3

動物相關慣用語篇 謎題解答

1

犬も歩けば〔棒〕に当たる

狗走路也會撞到棒子

這句話既可表示太愛搶鋒頭就會惹禍上身，又代表採取行動後獲得意想不到的幸運。現在則以後者的用法居多。

2

カエルの面に〔水〕

青蛙被噴水

青蛙就算臉被噴水也無關痛癢。這句話是指，無論遭到怎樣的對待都不以為意，能保持平心靜氣的態度。

3

月と〔すっぽん〕

月亮與鱉

雖然兩者皆為圓圓的形狀，但在夜空中閃耀的月亮與生活在泥巴裡的鱉卻有天壤之別。用來比喻差距過大而無法相提並論的情況。

4

腐っても〔鯛〕

腐臭仍是鯛

即便腐臭了，仍不減鯛魚的身價。這句話的意思是，素質優良或高檔的人事物，就算稍微變質也依舊有價值。

咻

呵呵呵—♫

寝耳に水（ねみみにみず）

睡夢中耳朵進水

被出乎意料之外的消息或突如其來的事給嚇到，就叫做「寝耳に水」。

從前的工程不像現代這麼牢固，下大雨時就會鬧洪水。若發生在大家已入睡的夜晚，災情會更加慘重。所以這句話也告訴我們，為了將災情降到最低，平常就應該多加防範。睡到一半突然聽到洪水嘩啦湧入的聲響，實在很恐怖！肯定會嚇到從床上跳起來吧。

什麼？今天有小考？聽到這樣的消息，簡直就像睡夢中耳朵進水般，相信你的瞌睡蟲一定全被趕跑！

用法

「君（きみ）のお兄（にい）さん、留学生試験（りゅうがくせいしけん）に合格（ごうかく）したんだって？」「来月（らいげつ）からアメリカに1年（ねん）なんて、思（おも）いもしなかった。寝耳（ねみみ）に水（みず）だよ」

「聽說你哥通過留學考試耶～」「壓根沒想到他從下個月開始就要去美國1年，對我來說根本就像『睡夢中耳朵進水』一樣。」

被預言說中的你！

原文念起來頗像繞口令，充分傳達出驚慌感，相當有趣！

喉元（のどもと）すぎれば熱（あつ）さわすれる

剛過喉嚨就忘了有多燙

喝熱飲或吞嚥熱食時，忍不住低呼「好燙！」而被逼出眼淚，不過一旦吞下後，燙到難受的感覺也會隨之消退。

像這樣，即便遇到很糟的狀況，事過境遷就會忘了當初有多痛苦，所以才會重蹈覆轍。不過換另一個角度想，就是因為不記得有多苦，才有膽再挑戰。

不久前才因為吃太多冰淇淋導致肚子痛，卻已經忘記這個慘痛的教訓，依然照吃不誤……。你看，這種行為也被此句慣用語料個正著喔！

用法

「前（まえ）に、水着（みずぎ）をわすれてプールに入（はい）れなくて、くやしがってなかった？」「水泳（すいえい）の日（ひ）はメモするって決（き）めたのに！　喉元（のどもと）すぎれば熱（あつ）さわすれるだ」

「你之前不是才因為忘記帶泳衣、沒辦法下水而覺得很嘔嗎？」「我明明決定要貼紙條提醒自己游泳課日期的！真是『剛過喉嚨就忘了有多燙』。」

被預言說中的你！

遇到困難、受人幫助的恩情也很容易會忘記，還請多留意。

のれんに腕(うで)おし

與門簾比腕力

　掛在拉麵店或日式旅館門外的布塊，日文稱為「のれん（門簾）」。輕輕一推就能入內，用力推也只是白費力氣，毫無意義。

　「のれんに腕おし」是指，拚命想說動對方，卻沒有任何效果，顯得自討沒趣。

　跟家長討零用錢，卻被敷衍「好啦好啦，下次再給你」，正是這句話所要表達的意境。在現代或許不一定有機會在家裡看到門簾，不過「與門簾比腕力」的情況卻很常見。先人們早已透過這句話來提醒我們。

被預言說中的你！

若察覺到對方老是讓你碰軟釘子，就只能想其他辦法囉！

用法

「大好(だいす)きなゆみちゃんに、またプレゼント？」「うん。アタックし続(つづ)けているんだけど、のれんに腕(うで)おしだよ」

「又要送由美禮物？你也太喜歡她了吧！」「嗯，雖然我卯起來追她，但一直都是『與門簾比腕力』的狀態。」

人の口には戸は立てられぬ

無法在別人嘴巴裝門

絕對要保密喔♥
她跟我說妳喜歡山田耶……是真的嗎？
明明叫她別說出去的!!

「絕對不能跟別人說喔」像這種約定，大多會破功。你是不是也曾不小心將誰的祕密說溜嘴呢？

悄悄跟好朋友透漏自己喜歡的對象，結果卻被其他同學知道，這是很常見的事。老祖宗們早已透過慣用語做出精準的預言。

此種情況就叫做「人の口には戸は立てられぬ」。這句話告訴我們，別人的嘴巴不像家裡的門那樣，可以隨自己的意思關上，所以祕密外洩是防不勝防的。

用法

「サトシ君がキッズモデルをやっていること、みんな知っているよ」「ちょっと恥ずかしいけど、人の口には戸は立てられぬって言うからね」

「小聰，其實大家都知道你當兒童模特兒的事喔！」「被大家知道是有點害羞啦……不過畢竟無法在別人的嘴巴上裝門嘛！」

被預言說中的你！

真的不想被人知道的祕密，就請獨自藏在心裡。

武士は食わねど高楊枝

武士餓肚子也要叼牙籤

武士叼著牙籤悠閒地在飯後稍事休息，實情卻是沒錢吃飯正挨餓著呢！

用來形容這種情況的慣用語就是「武士は食わねど高楊枝」。在武士們的觀念裡認為，被人發現生活貧苦是件很不光彩的事，所以才會叼著牙籤，裝模作樣地假裝「吃得很飽」。這句話用來表示，就算家境貧窮、身處惡劣的環境，也應該展現清高的氣度。

在寒冬之下穿著短袖短褲，其實冷到不行，但祭出這句慣用語，或許就會覺得能夠撐下去也說不定。

用法

「一つだけ残っていたケーキを妹にゆずったんだって？」「本当は食べたかったけど、武士は食わねど高楊枝だよ」

「聽說你把最後一個蛋糕讓給妹妹？」「其實我很想吃，但『武士餓肚子也要叼牙籤』嘛！」

被預言說中的你！

現今雖然已經沒有武士了，但其精神仍有你來傳承。

骨折り損のくたびれもうけ

辛苦卻只換來一身疲累

煞費苦心裝扮成妖怪，沒想到對方不但不害怕，還反問「你在幹嘛？」，真的會讓人很無力。「骨折り損のくたびれもうけ」這句慣用語的意思是，明明很努力，卻白忙一場，只是搞得自己疲勞不堪而已。日文的「骨を折る（骨頭斷了）」意指認真努力，「骨折り（骨折）」代表辛勞。

辛辛苦苦地努力，卻沒有獲得半點好處，只換來疲累，真的很令人扼腕，也就是「吃力不討好」的意思。因此這句話也隱含了「白忙一場」的懊悔之情。

此句慣用語不但精準地描述了當事人失落的情緒，而且原文念起來有種獨特的韻律，會讓人想一說再說，真的很神奇。相信徒勞無功也是你我都曾有過的經驗，只能說這句慣用語實在是太貼切了！

被預言說中的你！

遇到這種狀況時，就念念這句慣用語轉換心情，繼續向前走吧！

「せっかく落ち葉をはいて校庭をきれいにしたのに！」「強い風で全部散らばったね。骨折り損のくたびれもうけだ」

「好不容易才掃完落葉，把操場整理乾淨而已！」「結果強風又把葉子吹滿地，根本就是『辛苦卻只換來一身疲累』嘛！」

下手(へた)の横(よこ)好(ず)き

技藝不精一頭熱

這句慣用語是形容技藝不怎麼樣，卻熱中於某事物的情況。原文的「横」意指超出旁人所預想的程度。

相信大家應該看過有些人明明實力不強，卻無比喜歡、熱中於某事物吧。

這句慣用語也道出這樣的狀況，但老實說，「下手の横好き」是很不留情的說法。

當然，用在他人身上便代表嘲諷、瞧不起之意。

用於自身時，則是「自己的技藝並沒有多好」的謙遜表現。

被預言說中的你！

如果能令你喜歡到一頭栽入的話，就算技藝不精也無妨的。

用法

「よっちゃんは本当(ほんとう)に将棋(しょうぎ)が強(つよ)いよね。プロになれるかも？」「いやいや、しょせんは下手(へた)の横好(よこず)き。プロを目指(めざ)すレベルじゃないよ」

「小依妳的將棋真的好強喔！搞不好能成為職業棋士？」「沒啦，只不過是『技藝不精一頭熱』而已，想當職業棋士根本還不夠格。」

身から出たさび

刀身出鐵鏽

「身から出たさび」是形容自作自受、自食惡果的慣用語。

大人們明明千叮萬囑不能拿著傘亂揮舞，但還是忍不住頑皮，結果捅到蜂窩！就像慣用語所預言的，這下真的會被自己害慘了。

你看過日本刀嗎？本體的金屬部分被稱為「刀身」，未加以保養就會生鏽。當鐵鏽遍及刀身後，整把刀就會腐朽而無法再使用。

這句慣用語的「刀身」其實意喻著「自身」，實在很有哏！

用法

「自転車で転んでけがしちゃった」
「かっこつけて手放し運転してたんでしょ？ 身から出たさびだよ」

「我騎腳踏車摔倒受傷了。」「誰叫你要耍帥放手騎，刀身不保養也會出鐵鏽的！」

被預言說中的你！

沒有任何人表示同情時，的確很難受，但請深自反省。

無理(むり)が通(とお)れば道理(どうり)ひっ込(こ)む

歪理行得通，道理就不通

世上的事物分為符合正道（道理），以及旁門左道（歪理）這兩種類型。此句慣用語的意思是，若旁門左道橫行無阻，進而成為主流的話，原本正確的道理就會遭到埋沒。

只要仔細觀察四周，就會發現這樣的情況很普遍。比方說，不遵守規定者仗著人多，反倒一臉理直氣壯，或是有權勢者按照自己的意思強行推動某事物等等，令人忍不住想，還真的像先人們所預言的那樣呢……！請用這句慣用語來教訓作威作福者吧！

用法

「実験(じっけん)の片(かた)づけが、科学(かがく)クラブのメンバーだけに押(お)しつけられているんだ」「そんなの、無理(むり)が通(とお)れば道理(どうり)ひっ込(こ)むだよ。全員(ぜんいん)でするのが当(あ)たり前(まえ)だ」

「做完實驗後，其他人硬把收拾整理的工作推給科學社的成員。」「怎麼可以這樣！歪理行得通，道理就不通。本來就應該全班一起整理的。」

被預言說中的你！

覺得奇怪時，請先確認哪些部分是道理，哪些部分是歪理。

目くそ鼻くそを笑う

眼屎笑鼻屎

又是眼屎又是鼻屎的，聽起來很不妙，不過這也是一句正統的慣用語喔！

請想像一下眼屎嘲笑鼻屎「喂～你好髒喔！」的情景。相信鼻屎一定會怒回「你還有臉說別人！」吧。畢竟眼屎與鼻屎根本半斤八兩。

這句話就是形容，對自己的缺點渾然不覺，卻訕笑奚落他人的缺點。

忘記帶課本的小朋友嘲笑忘記帶運動服的同學，完全符合這句話的意境。萬一因為這樣吵嘴，可是會被說成「眼屎&鼻屎拍檔」喔！

用法

「あはは、いまだにピーマン食べられないわけ？」「そっちこそ、トマト食べないじゃん！ 目くそ鼻くそを笑うと言われるよ」

「啊哈哈，你到現在還不敢吃青椒啊？」「你還不是不敢吃番茄！這樣會被說是『眼屎笑鼻屎』喔！」

被預言說中的你！

若撞見在小事上爭執不休的情況，就搬出這句話來應對吧！

目(め)は口(くち)ほどにものを言(い)う

眼睛跟嘴巴一樣會說話

眼睛所傳達的訊息其實比想像中來得多。就算不說出口，也能透過眼神表達給對方知道。

反過來說，這句話其實也道破再怎麼透過話語掩飾，只要看眼睛就能分辨真偽。

說謊時眼神會變得飄忽不定、假笑時眼中則毫無笑意，眼睛會洩漏祕密，真的很神奇。因為人很難透過自身的意志來控制眼神。

向長輩拜年時，會出現見錢眼開的表情，正應驗了這句慣用語所言！

用法

「ケンカしていたあの二人(ふたり)、仲直(なかなお)りしたんだって？」「口(くち)ではそう言(い)っていたけど、どうかな。目(め)は口(くち)ほどにものを言(い)うから」

「聽說那兩個人大吵一架之後和好了？」「嘴上是這麼說沒錯，但看起來不是這樣，因為眼睛跟嘴巴一樣會說話。」

被預言說中的你！

想得知對方真實心意的話，請仔細觀察眼睛看看。

やぶをつついてへびを出す

乱戳草叢引出蛇

只要閉嘴乖乖聽話，明明可以皆大歡喜的……。因為多嘴或多管閒事而惹來麻煩事或災禍，就叫做「やぶをつついてへびを出す」，簡稱為「やぶへび」。

亂戳沒有必要探索的草叢，反而引出了危險的蛇。真是令人驚恐呀！

現今住家附近的草叢或許很少有蛇出沒，不過「やぶへび」卻是經常發生的情況。

作業只有這些嗎？真不知為何那位小朋友會自投羅網地說出這種話！

用法

「何があったか知らないけど、お父さんもお母さんもケンカしないで」「原因はあなたの成績でしょ！」「やぶをつついてへびが出ちゃった」

「爸、媽，雖然我不知道發生了什麼事，但還是希望你們別吵架。」「原因就出在你的成績啦！」「亂戳草叢引出蛇了……」

被預言說中的你！

有時會因為「愈怕反而愈好奇」，而忍不住做出不必要的事。

幽霊の正体見たり枯れ尾花

鬼魂現原形，原是枯芒草

「有、有、有鬼啊～！」

「看仔細啦！那是枯芒草！」

「尾花」在日文裡是芒草的別名。當心生恐懼時，任何一點風吹草動看起來都會顯得很恐怖。一旦得知真相，就會覺得「什麼啊，一點都不可怕嘛！」。傳聞某人很兇，但見面後才發現根本沒這回事，大家是否有過這樣的經驗呢？

「未知」其實是最令人感到恐懼的，只要知曉實情，很多事往往不足為懼，這句話還隱含了如此深遠的道理喔！

被預言說中的你！

與其始終感到恐懼，不如鼓起勇氣確認真相。

用法

「ベッドの下に何かいる！ お兄ちゃん、確かめてよ」「ぬいぐるみがはさまっていたよ。幽霊の正体見たり枯れ尾花だ」

「床鋪底下好像有什麼東西耶！哥，你去看看啦！」「是玩偶被夾在那裡啦～真的是『鬼魂現原形，原是枯芒草』，自己嚇自己。」

来年（らいねん）のことを言（い）えば鬼（おに）が笑（わら）う

空談來年事，魔鬼也訕笑

對將來的事多加預測、大聊計畫，但事情會如何演變，其實誰也不知道。這句慣用語半帶著嘲諷的意味，要是淨講未來的事，就連平常面目猙獰的魔鬼也會忍不住笑你喔！

魔鬼不是因為覺得有趣而被逗笑，而是嘲笑「人類實在有夠蠢的」。就連明天會出現什麼狀況都不得而知了，更何況是明年的事。

在這個當下，我們都很難預測到下一刻會發生什麼事了，更遑論大談特談明年的事，要是魔鬼聽到的話，也會忍不住笑到翻過去！

用法

「来年（らいねん）はどんなゲームがはやるかなぁ」
「誰（だれ）にもわからないよ。来年（らいねん）のことを言（い）えば鬼（おに）が笑（わら）うと言（い）うよ」

「明年會流行什麼遊戲呢？」「這誰也不知道呀！空談來年事的話，魔鬼也會笑你喔！」

被預言說中的你！

如果是想透過努力在明年達成目標，相信魔鬼不會嘲笑你的。

世(よ)の中(なか)は三日見(みっかみ)ぬ間(ま)の桜(さくら)かな

不見方三日，世上滿櫻花

以為櫻花才剛盛開，一轉眼便凋謝了。這句慣用語就是以櫻花短暫的生命，來比喻世事變遷之快。

比方說，3天沒去學校上課，班上的人際關係已經重新洗牌、產生變化，這也是很有可能的。

不只是人際關係，像是手機與遊戲也不斷進化，流行的事物可謂日新月異。現代社會的變化速度飛快，有時才剛開幕沒多久的店，一下子又易主經營。

其實這句慣用語是出自江戶

時代的俳句。當時的社會步調比現代慢很多，卻已經預言了「世事的變遷只在轉瞬之間」，真的很神準呢！

被預言說中的你！

不斷求新求變以及堅守不變，兩者都很重要。

用法

「あれ、ここって雑貨屋さんじゃなかった？」「カフェになったんだね。世の中は三日見ぬ間の桜かな」

「怪了，這裡不是雜貨店嗎？」「已經變成咖啡館了，這應該就是所謂的『不見方三日，世上滿櫻花』吧。」

受用無窮篇

覺得不知所措、感覺會搞砸，
以及垂頭喪氣的時候……
慣用語所提出的建言
就能帶來幫助！

会(あ)うは別(わか)れの始(はじ)め

相遇是離別的開始

山田要轉到其他學校就讀了……
今天是最後一天……
什麼——!!

相信大家一定在學校或才藝班認識許多人吧。

這句慣用語告訴我們，與人相遇，其實也是邁向離別的開始。

遇到重新編班或升學等，即將與同學各奔東西的時期，有時彼此的感情會變得比以前更好。

其實，從結識的那一瞬間起，離別便已開始倒數計時了。

正因為明白有朝一日必會分離，才會懂得珍惜與對方相處的時光。

用法

「旅先(たびさき)でお友達(ともだち)ができたけど、明日(あした)には家(いえ)に帰(かえ)るから、別(わか)れがつらい？」「うん。でも、会(あ)うは別(わか)れの始(はじ)めと言(い)うからね。なみだなしで手(て)を振(ふ)るよ」

「明天就要回家了，要跟旅途中結識的朋友分開，會不會很捨不得？」
「嗯。不過『相遇是離別的開始』，我會忍著不哭，好好揮手道別的。」

被預言說中的你！

有些人則說「離別是相遇的開始」，保持樂觀向前走吧！

悪事千里をはしる

壞事傳千里

請小心喔～做了壞事，醜聞就會迅速地傳播開來，直達遠方！一里是根據從前的人一小時的步行距離所制訂出來的單位，約等於3.9公里。千里大約是3900公里，範圍遍及整個日本列島，人們用它來表示「相當遙遠的地方」。因此，回到家時媽媽已經知道自己在學校惡作劇的事，也是剛好而已。

現代拜社群網站之賜，各種傳聞在一瞬間就會擴散至海角天邊，但這句慣用語是在尚無網路與智慧型手機的時代便如此鐵口直斷。

被預言說中的你！

好事的傳播速度似乎不怎麼快，但醜聞一下子就人盡皆知。

用法

「学校にあるベートーベンの絵に落書きしたんでしょ？」「違う学校なのになんで知っているの」「悪事千里をはしると言うからね」

「你以前曾在學校的貝多芬畫像上亂塗鴉對吧？」「我們又不同校，你怎麼知道？」「俗話說，壞事傳千里嘛！」

過ちを改むるにはばかることなかれ

過則勿憚改

只要是人都會犯錯。當察覺到自身的失誤時，別想著「該怎麼做才不會被識破」而忙著隱瞞或掩飾，改緊改正才最重要，這就是此句慣用語的意思。

如果只是左右腳穿的襪子不一樣，倒還無所謂，若犯了大錯卻多所猶豫、遲遲不肯改進時，問題只會愈演愈烈。

這居然是從2千多年以前流傳下來的箴言呢！出處則是收錄中國偉大思想家孔子語錄的《論語》。

用法

「劇の台詞を間違えて覚えてた！ これからなおすのは恥ずかしいな」「正しい台詞にしようよ！ 過ちを改むるにはばかることなかれだ」

「我記錯話劇的台詞！接下來得改台詞，覺得好丟臉喔！」「改成正確的台詞比較重要啦～正所謂『過則勿憚改』嘛！」

被預言說中的你！

改正過錯的確不輕鬆，不妨想想這句慣用語，克服難關。

石の上にも三年

石頭也得坐三年

就算是冷冰冰的石頭，持續坐3年也會變暖。只要不斷努力堅持下去，一定會有回報。這是一句平實卻很有意義的慣用語。

無論是課業還是才藝學習，剛開始往往會遇到很多挫折、很難感受到進步，有時會覺得受不了而忍不住想放棄。不過，只要秉持著花3年把石頭坐暖的心態，必能克服！跳繩的雙迴旋技巧也是這樣，持續練3週或許就能練成？

必能收到成果的這種雀躍感也是一大重點，請以充滿希望的態度來活用這句慣用語。

用法

「まだ習字教室に通っているんだ。えらいね」
「なかなかうまくならないけど、石の上にも三年で頑張るよ」

「沒想到你還在上書法班，真有毅力。」「雖然還是寫得不太好，但『石頭也得坐三年』嘛！」

被預言說中的你！

或許你覺得3年太誇張，不過念念這句話就會更有動力喔！

急がばまわれ

遇急繞遠路

明明很急，卻要人「繞遠路」，實在矛盾得很不妙。不過這句話並不是叫人繞遠路、慢慢來的意思喔！與其行經不知會發生什麼狀況的近路，選擇安全又確實的道路，反而會比較早到，正是這句慣用語隱含的預言。相信大家也曾有過因為著急而做了平常不會做的事，結果導致失敗的經驗吧？

此句話是出自室町時代的詩歌，內容提到：「武士前往琵琶湖對岸時，搭船雖快但相當危險，因此走陸路過橋，最終才能較快抵達。」因而衍生出「急がばまわれ」的說法。

用法

「テスト中、あせっていつもと違う解き方をしたら、見直しに時間がかかったよ」「急がばまわれで、落ち着いて解くことだね」

「我考試時急著寫考題，用了跟平常不一樣的算法，檢查時反而更花時間。」「遇急繞遠路，靜下心來解題最重要。」

被預言說中的你！

這句話並不是叫你凡事刻意繞遠路喔！

嘘もほうべん

說謊也是權宜之計

說謊是不好的行為。但這句話告訴我們，視情況與場合而定，有時說謊是有必要的。「ほうべん」在日文中是不常聽到的說法，原本是佛教用語，為「好方法」的意思。沒想到居然告訴我們可以說謊，這句慣用語實在太寬容了！

然而，這並不代表說什麼謊都可以。為了順利推動某件事情，或為了避免傷害到對方，才符合「嘘もほうべん」的定義。若老實告訴爸爸他的拿手料理「很難吃」，他應該會失去自信，像這種時候就可以來個善意的謊言。

用法

「前に聞いたことがある先生の話に、『知らなかった！』って言ってたね」「『また？』って言ったら機嫌悪くなるでしょう？ 嘘もほうべんよ」

「你之前明明聽過那位老師的事，卻跟我說不知道。」「如果我說你已經講過好幾次了，你又會不高興吧？所以說謊也是權宜之計呀！」

被預言說中的你！

千萬別忘了，這是出於善意才說的謊！

えびで鯛を釣る

以小蝦釣鯛魚

就好比用又小又便宜的蝦子來釣昂貴的鯛魚，想透過一點點金錢或些微的努力來獲得可觀的報酬，就是這句慣用語的意思。日文簡稱為「えびたい」。鯛魚自古以來就被視為吉祥之魚，喜慶設宴時經常會出現鯛魚料理，這是因為日文的「可喜可賀（めでたい）」裡，有出現鯛魚（たい）的讀音。能用蝦餌釣到搶手的鯛魚，這預言實在很討喜！

像是幫忙看家這種小差事卻收到很好的獎賞，或回禮很豪華有「賺到了」的感覺時，就可以用這句話來表示。

用法

「友達の忘れ物を届けに行ったら、お菓子をたくさんもらっちゃった」
「えびで鯛を釣ったわね」

「把朋友忘記拿的東西送去給他後，他送了一堆點心給我。」
「真的是『以小蝦釣鯛魚』耶！」

被預言說中的你！

一心想著「以小蝦釣鯛魚」時，往往會招致失敗喔！

思（おも）い立（た）ったが吉日（きちじつ）

擇日不如撞日

日文的「吉日」為好日子之意。大家可曾看過標註在日本月曆上的「大安」字樣？這是自古流傳下來的占卜方式之一，結婚或開店等喜慶活動，大多會選在大安日來進行。

比方說想開始寫日記時，有些人會等到「新學期」，好迎接新氣象。然而這句話卻表示，決定著手做某件事時，當天就是最好的時機（吉日）。

先人們藉由這句慣用語推我們一把，告訴我們無須挑日子，立刻執行便是。

用法

「よし！ 来月（らいげつ）から毎日（まいにち）ストレッチしよう」「思（おも）い立（た）ったが吉日（きちじつ）。今日（きょう）からやったら？」

「決定了！從下個月開始要每天做伸展運動。」「擇日不如撞日，從今天就開始如何？」

被預言說中的你！

打算下次再做時，往往容易忘記。

親の意見と茄子の花は千に一つも無駄はない

父母的意見與茄子花一樣，沒有無用之處

出門時戴上帽子啦——!!
不用——
早知道就應該聽媽媽的話……
好熱～

就跟茄子花一定會結果一樣，父母的建議也沒有無用之處，就是這句話的意思。將父母的意見和茄子相提並論，也實在有趣。

會開花但不結果的花，日文稱為「あだ花」，也就是無用之花的意思。茄子不具有「あだ花」，花開後一定會結果，所以才被用來當作比喻。你曾種過茄子嗎？覺得父母的意見「很煩」時，不妨想想茄子可愛的紫色花瓣吧！

用法

「お父さん、大事なカードがない！」「ケースにしまいなさいと言っただろ」「親の意見と茄子の花は千に一つも無駄はないって、本当だね」

「爸，我找不到那張很重要的卡！」「就跟你說要收在盒子裡吧！」「看來『父母的意見與茄子花一樣，沒有無用之處』這句話是真的。」

被預言說中的你！

覺得這樣根本多此一舉的你，搞不好日後會覺得感激喔！

終(お)わりよければすべてよし

結局好一切都好

無論任何事，結尾都很關鍵。只要結局不錯，就算開頭或中途屈居下風，最後也能一起歡笑高呼「真的很棒！」。

就好比一路挨打慘不忍睹的棒球賽，若來個大逆轉在最後關頭獲勝的話，一定相當大快人心吧。無論是連續劇還是漫畫，一定不脫「過程波折，最後歡樂收場」的基本故事架構。

「結局好一切都好」一語源自英國超知名劇作家莎士比亞的劇名，沒想到居然成為日本的常用慣用語，真的很神奇！

用法

「今日(きょう)の発表(はっぴょう)、途中(とちゅう)でつっかえちゃって…」
「でも最後(さいご)はみんな拍手(はくしゅ)だったね。終(お)わりよければすべてよしだよ」

「今天的發表會，我講到一半結巴……」「不過最後大家給你熱烈的掌聲呢！結局好一切都好。」

被預言說中的你！

過程非常順利時，請提防結尾會突然來個大出槌。

学問に王道なし

學問無捷徑

做學問必須從基礎逐步學起，持之以恆地不斷累積，無法使用密技在短時間內理解所有的知識。

日文的「王道」指的是從前只有君王可以通行的捷徑。古代埃及國王曾問學者：「沒有更輕鬆學習的方法嗎？」學者回答：「學問無王道。」即便貴為君王亦無捷徑。

這故事讀來還真痛快呢！此句慣用語告訴世人，無論是國王還是普通老百姓都一樣，必須勤奮學習。

用法

「つるかめ算の次は植木算か。どんな問題も解ける方法があれば楽なのに」「あるわけないよ。学問に王道なしって言うだろう」

「學完雞兔同籠後，接著是植樹問題，如果有萬用解法能一招通用到底的話，該有多輕鬆。」「怎麼可能有那種東西，不是都說『學問無捷徑』嗎？」

被預言說中的你！

即使想找密技或抄捷徑，也多半不會有結果。

勝（か）ってかぶとの緒（お）をしめよ

打勝仗更該繫緊頭盔

這句話是指，在某件事上獲得成功以後，必須更上緊發條，切勿鬆懈的意思。

打勝仗後，想脫下笨重的頭盔喘一口氣乃人之常情，然而，這句話卻要人重新繫好鬆掉的頭盔綁帶。

若覺得仗已經打贏而掉以輕心，或許會遭受突如其來的反擊。脫下保護頭部的鐵盔，無異於致命行為。

這句話誕生於必須全副武裝、持刀殺敵的戰國時代，也是一句攸關性命的慣用語。

用法

「模擬試験（もぎしけん）お疲（つか）れさま。成績（せいせき）よくて、順調（じゅんちょう）だね」「気（き）をゆるめず頑張（がんば）るよ。勝（か）ってかぶとの緒（お）をしめよ、だ」

「模擬考辛苦你啦！成績很不錯，一切都很順利呢！」「我會上緊發條好好用功的。正所謂『打勝仗更該繫緊頭盔』嘛！」

被預言說中的你！

在重要賽事或考試以後，是不是經常感冒呢？

かべに耳あり障子に目あり

隔牆有耳，隔門有眼

有些事就算想保密，也難保不會被誰聽見或看見。這句話代表祕密往往容易走漏的意思。

此句慣用語道出，以為沒有其他人在場而說起了悄悄話，可是其實有人把耳朵貼在牆上偷聽、在紙門上挖洞偷看呢！

撞見旁人講悄悄話時，總忍不住想偷聽、偷看，你是否也曾偷偷做過這種事呢？所以這句話告訴我們，講祕密時小心一點準沒錯。

用法

「みんなに内緒でお菓子食べちゃおう」「待って。かべに耳あり障子に目あり。誰かいないかよく確かめないと」

「瞞著大家來吃餅乾吧！」「等一下，隔牆有耳，隔門有眼，我先好好確認一下。」

被預言說中的你！

講悄悄話太興奮，很容易讓人忘了注意周遭。

Q4

一起來挑戰！慣用語猜謎④

金錢相關慣用語篇

錢是生活中不可或缺的東西。沒錢很困擾，太有錢也不見得就是好。由於人們為錢煩惱的情況眾多，用錢態度與金錢概念也逐漸演變成慣用語，宣導先人們的人生智慧。除了正文所介紹的「一銭を笑うものは一銭に泣く（輕視一塊錢者將為一塊錢而哭）」、「安もの買いの銭うしない（貪小便宜花更多）」之外，還有本篇題目中的這些慣用語喔！

題目 ［　　］內的詞彙是？

1 悪銭（あくせん）［　　］

〈提示〉（A）身（み）に付（つ）かず、（B）身（み）にしみる、（C）見（み）に行（い）かず，究竟是哪一個？

2 金（かね）は天下（てんか）の［　　］

〈提示〉用來形容事物不會固定停留在同一個地方的詞彙。

3 金（かね）の切（き）れ目（め）が［　　］の切（き）れ目（め）

〈提示〉情誼或人際關係可用哪個漢字來表示？

4 稼（かせ）ぐに追（お）いつく［　　］なし

〈提示〉沒錢的狀態稱為什麼？

◀答案請見下一頁

金錢相關慣用語篇 謎題解答

1

悪銭（あくせん）［身（み）に付（つ）かず］

不義之財守不住

做壞事不當取得的金錢，會被浪費在無謂的事物上，無法長久保有的意思。

2

金（かね）は天下（てんか）の［まわりもの］

錢乃流轉天下之物

錢不會停留在固定地方，而是不斷地被不同的人經手。就算是現在沒錢的人，應該也會有時來運轉的一天。

3

金（かね）の切（き）れ目（め）が［縁（えん）］の切（き）れ目（め）

錢斷緣亦斷

比喻有錢時人人討好，沒錢時無人聞問，關係不再。

4

稼（かせ）ぐに追（お）いつく［貧乏（びんぼう）］なし

勤而不匱

意指平常認真努力賺錢的話，就不會受貧困所苦。就算窮神在後面追趕也追不上。

果報(かほう)は寝(ね)て待(ま)て

福報睡著等就好

這是一句氣度恢弘的慣用語，日文的「果報」代表好事、幸福之意。好事只要睡著等待就好，也太神奇了吧！

此句話告訴我們，運氣無法靠人為力量左右，因此無須焦急，只管靜心等待就好。釣魚時放下釣線後，與其焦躁地期待魚兒「快點上鉤～！」，不如睡個午覺耐心等候，機會總是會到來的。不過，不實際出門釣魚，只在家中睡的話，是不可能釣到的喔！該做的事都做完以後，只需好整以暇地等待，才是這句慣用語所要表達的意思。

用法

「作文(さくぶん)コンクールに応募(おうぼ)したんだけど、結果(けっか)が気(き)になってしかたないよ」「果報(かほう)は寝(ね)て待(ま)てと言(い)うよ。のんびり待(ま)とう」

「我報名了作文比賽，實在太想知道結果，整個人坐立難安。」「俗話說，福報睡著等就好，靜候結果別著急喔！」

被預言說中的你！

希望能快點得到好結果時，要睡著等待其實意外地難。

木(き)を見(み)て森(もり)を見(み)ず

見樹不見林

這句慣用語代表太過注意眼前細微的部分，而未掌握整體概念的意思。
森林是由樹木形成的，只顧著看一顆又一顆的樹，反而忽略了整座森林的風貌。太過執著於細節部分，而未進行全盤考量時，就會引起一些困擾。
寫書法時，將全副精神放在每個字的寫法上，導致整體配置不協調，是很常見的情況。這也完全應驗了此句慣用語所言。
專注於眼前的事物固然重要，但同時也需要搭配綜觀全盤的眼力。
海外也有許多與此同義的慣用語。也就是說，全世界都想藉由慣用語提醒世人「務必通盤觀察整體情況」。

被預言說中的你！

全世界都有類似的慣用語，代表綜觀全局其實是很難的一件事。

用法

「あのとき後ろにパスを出せばよかったのに。がら空きだったよ」「目の前のゴールばかり見ていたよ。木を見て森を見ずだね」

「那時候如果你把球傳到後面的話就好了。後面完全沒人守，超級空的。」「我只顧著看眼前的球門，完全就是『見樹不見林』。」

聞くは一時の恥、聞かぬは一生の恥

求教乃一時之恥，不問則一生之恥

向人請教不懂的事情時，總會有點難為情。但若為此而不敢多問，始終搞不明白，才真的會成為「一生之恥」。所以這句話的意思是，遇到不懂的事物就應該立刻求教。

比方說，大家可有看過寫著「月極（つきぎめ）」字樣的停車場？這在日文是指以月租為單位的停車格，偶爾會聽見有些大人誤唸成「ゲッキョク」。若因為抗拒一時之恥而不敢求教，長大成人後就會繼續丟臉。

被預言說中的你！

出乎意料的是，大人有時也回答不出小朋友所提出的疑問呢！

用法

「人気アニメのタイトルが難しくて読めなくて、聞いちゃったよ」「聞くは一時の恥、聞かぬは一生の恥。いま聞いてよかったね」

「那部人氣動漫的名字好難，我不會唸，只好問別人。」「求教乃一時之恥，不問則一生之恥。幸好你有問人。」

口(くち)はわざわいの門(もん)

禍從口出

這句話代表不小心說出不必要的話，有時會招來禍害，請小心為妙的意思。

嘴巴就像一道門，各種災難會在此進出。有時說溜嘴的那些話，正是引起衝突的原因。

踩到人家的地雷，或者是說出不合宜的言論，稱之為「失言」，在大人的世界裡也經常引起問題。

先人們早已透過這句慣用語鐵口直斷，真的很神奇吧！這也告誡我們，說話時必須更加小心謹慎。

被預言說中的你！

說出口的話已無法再收回，只能真誠地向對方道歉。

用法

「妹(いもうと)に『太(ふと)った？』って聞(き)いたら、口(くち)をきいてくれなくなっちゃった」「口(くち)はわざわいの門(もん)と言(い)うから、言葉(ことば)は慎重(しんちょう)に」

「我問我妹她是不是胖了，結果她就不肯跟我說話了。」「俗話說，禍從口出，講話要當心點。」

鶏口(けいこう)となるも牛後(ぎゅうご)となるなかれ

寧為雞口不為牛後

先出個問題請大家思考一下。假如以你現在的實力，加入強隊只能當候補球員，加入弱隊卻能成為隊長，你會選擇哪一個呢？

這句慣用語的意思是，與其在大團體中受人支配，不如在小團體裡當家作主。換言之，這句話一語道破在弱隊當隊長是比較好的選擇。也就是說，居上位是非常具有價值的一件事。順帶一提，雞口指的是雞的嘴巴，牛後則是牛的屁股。

被預言說中的你！

當上隊長後，責任感與幹勁也會隨之提升吧！

用法

「君(きみ)のお父(とう)さんって社長(しゃちょう)さんなんでしょ？」「うん、大(おお)きな会社(かいしゃ)をやめて自分(じぶん)の会社(かいしゃ)をつくったんだって」「鶏口(けいこう)となるも牛後(ぎゅうご)となるなかれだ」

「你爸爸是董事長吧？」「對啊，他辭掉在大公司的工作，自己開公司。」「就是所謂的『寧為雞口不為牛後』。」

芸(げい)は身(み)をたすける

一藝在身助己終生

有些人只因為很會畫畫、跑得很快，就能在班上成為風雲人物。由此可見，鑽研才藝肯定不會吃虧！

如此鐵口直斷的，就是這句慣用語。

舉凡繪畫、樂器、體育、手工藝、變魔術、做菜、模仿……。這句話代表因為喜歡而不斷磨練，並練出一身好功夫，有朝一日便能派上用場的意思。

此句慣用語源自江戶時代，有人曾因為玩過頭而把家當敗光，後來透過在玩樂中習得的才藝重振家門。

用法

「この間(あいだ)、ちょっと怖(こわ)い上級生(じょうきゅうせい)にかこまれちゃって。でも、得意(とくい)のモノマネを披露(ひろう)したら仲(なか)よくなった」「芸(げい)は身(み)をたすける、だね」

「前一陣子我被有點可怕的高年級生盯上。在我表演了拿手的模仿後，總算跟他們打成一片。」「就是所謂的『一藝在身助己終生』嘛！」

被預言說中的你！

自己喜不喜歡，會比斤斤計較對將來有沒有幫助來得重要喔！

後悔(こうかい)さきに立(た)たず

後悔莫及

這句慣用語告訴我們，等事情發生後才後悔當初應該怎麼做，也已經無法挽回了。

畢竟無法讓時光倒流、重新來過，因此老祖宗們才留下這句話，勸我們好好準備以後再採取行動，以免將來後悔。

看來先人們也經歷過很多失敗，才如此有感而發呢！

像是反省「應該更有計畫地使用零用錢的！」，或者是決定「好好計畫再進行，免得後悔！」，這些情況都可以用此句慣用語來形容。

用法

「劇(げき)の主役(しゅやく)に立候補(りっこうほ)しようか悩(なや)んでいるんだ」「やりたいなら立候補(りっこうほ)しなよ。後悔(こうかい)さきに立(た)たずって言(い)うよ」

「我很煩惱到底要不要爭取演出話劇的主角。」「想演的話就毛遂自薦呀！以免將來『後悔莫及』嘛！」

被預言說中的你！

其實大人也經常後悔「早知道應該做自己想做的事」。

虎穴に入らずんば虎子を得ず

不入虎穴焉得虎子

這是一句鼓舞世人的箴言，意謂著如果沒有勇氣主動冒險犯難的話，便無法獲得巨大的成功！虎穴指的是老虎棲息的洞穴，虎子則是老虎的孩子。這句話字面上的意思就是，若想奪得虎子，就必須涉險進入洞穴之內，實在危險得很不妙……。

此句慣用語源自古代中國，用來激勵因強敵進逼而畏懼的士兵們，要他們「鼓起勇氣來！」。託這句話的福，該軍隊才順利戰勝敵軍。

被預言說中的你！

勇氣不可或缺，但時機也很重要喔！

用法

「好きな子に話しかけたいけど、女の子たちでかたまっていて近寄れない」「虎穴に入らずんば虎子を得ず。間をわって入っていきなよ」

「我想跟喜歡的女生說話，可是一群女孩聚在一起，我不敢靠近。」
「不入虎穴焉得虎子，你就趁機插花走進去吧！」

転（ころ）ばぬさきの杖（つえ）

跌倒前就先拄杖

這句慣用語是指做好準備、小心防範，以免失敗的意思。不是等摔倒才來拄拐杖，而是為了避免跌倒，小心地拄著拐杖走路。在還沒下雨前便準備好雨傘，就是這句話所要表達的意境。細心謹慎的人會先確認氣象預報，判斷是否要帶傘出門，對吧？

除了「転ばぬさきの杖」之外，還有許多勸人預先做好準備的慣用語。這代表從前的人們應該也覺得「小心謹慎很重要，但就是容易忘記」吧。所以還請大家好好記住這句箴言喔！

用法

「模擬試験（もぎしけん）の会場（かいじょう）には、ちゃんと時計（とけい）があるかなぁ」「念（ねん）のため持（も）って行（い）ったら？ 転（ころ）ばぬさきの杖（つえ）だよ」

「模擬考會場不知道有沒有時鐘耶？」「以防萬一，還是帶去吧？跌倒前就先拄杖呀！」

被預言說中的你！

太過小心準備而大包小包的，也不值得鼓勵喔！

さわらぬ神にたたりなし

不惹神就不會犯大忌

這位父親因自己的母校校隊輸球而氣憤難平，讓他自己沉澱情緒是最好的做法。

若在這時候搭話，肯定會當砲灰，這就是此句慣用語發出的提醒。

只要不多管閒事，就不會被捲入麻煩裡，所以先置之不理即可的意思。

人們相信神明擁有神力能保佑眾生，但若惹其不快，就會發生可怕的事。

這句話也是在勸人莫做出令神明生氣的事。

用法

「お兄ちゃんに宿題手伝ってもらいたかったけど、いま機嫌が悪そう」「もう少しあとにしたら？さわらぬ神にたたりなしだよ」

「我想請哥哥教我寫作業，但他現在看起來很不高興。」「再等一下吧？不惹神就不會犯大忌。」

被預言說中的你！

若老是生氣的話，你就會變成別人不敢招惹的大怒神喔！

三人寄れば文殊の知恵

三個臭皮匠，勝過一尊文殊菩薩

怎麼辦……藏到不會被發現的地方…？
還是直接道歉!?
等等，我想到一個好法子……

該怎麼辦？想不到好點子啦！像這種時候，不妨3個人聚在一起商量一下。因為這句話指出，無論是誰，只要3人一起腦力激盪一下，就能想出好法子。

文殊在佛教中是象徵智慧的菩薩。這句話告訴我們，即使是凡夫俗子，也能想出媲美「文殊智慧」的辦法！在網路十分發達的現代，有些觀點認為，相較於仰賴一位天才，將一般民眾的許多點子集結起來，反而容易做出成果。而此種現象也早在從前便被慣用語道破，真是太神準了！

用法

「お楽しみ会でどんな出し物をしたらいいか、全然思い浮かばないよ」「みんなで考えよう。三人寄れば文殊の知恵って言うしね」

「同樂會該設計什麼活動才好，我完全沒主意耶！」「那就大家一起想吧！俗話說，三個臭皮匠，勝過一尊文殊菩薩嘛！」

被預言說中的你！

3個人一起集思廣益就能互補彼此想得不夠周到的部分。

親(した)しき仲(なか)にも礼儀(れいぎ)あり

關係再親也應守禮儀

無論彼此的關係有多親，都該遵守應有的禮儀。

交情甚篤時，相處起來較無拘束，也不會表現得客氣恭敬，但若失去分寸則會成為吵架的原因。

這句話就是說，不管感情有多好，都應該秉持敬重的態度來與對方相處。

你是不是不太主動對父母或朋友打招呼，而且用詞遣字有些粗魯呢？

先人們透過此句話告誡我們，不要自己毀了與重要之人的關係喔！

被預言說中的你！

即使彼此的關係很親近，被以禮相待時還是會覺得開心。

用法

「友達(ともだち)に貸(か)したマンガが返(かえ)ってこないな」
「親(した)しき仲(なか)にも礼儀(れいぎ)ありだよね。ちゃんと返(かえ)してもらいなよ」

「借給朋友的漫畫完全沒下文耶！」「關係再親也應守禮儀。請朋友記得還給你吧！」

失敗（しっぱい）は成功（せいこう）のもと

失敗為成功之母

這是一句超樂天的預言，意指就算失敗，只要好好調查出問題的原因、再接再厲，最後一定會成功的。

任何人失敗時總難免沮喪難過。此時，這句慣用語就能為我們加油打氣。

正因為經歷過失敗，才知道「這個做法不行」，並想到「下次換這樣試試看」，而離成功愈來愈近。

做餅乾失敗也是一種磨練自己的機會。明白「失敗為成功之母」，並在下次活用這些經驗，培養出這樣的心態後，應該就能挑戰更高難度的事物。

被譽為發明之王的湯瑪斯・

愛迪生曾說過：「這並非失敗，只是發現了無法順利成功的方法罷了。」

被預言說中的你！

獲得巨大成功的人，都曾不斷經歷過失敗。

用法

「ベランダで野菜(やさい)を育(そだ)てたんだけど、うまくいかなかったよ」
「失敗(しっぱい)は成功(せいこう)のもと。原因(げんいん)を考(かんが)えてもう１回(かい)植(う)えてみたら？」

「我在陽台種菜，可是種不出個所以然。」「失敗為成功之母，不妨想想原因，再種一次看看？」

朱（しゅ）にまじわれば赤（あか）くなる

近朱者赤近墨者黑

這句慣用語的意思是，人會隨著往來相處的對象而變好或變壞。

朱指的是紅色。紅色是很強烈的色彩，若將白色毛巾與紅色衣物放在一起洗，有時會被染色。就像其他東西跟紅色之物混在一起時會染成紅色那樣，藉此比喻人很容易受到周遭的影響。這句話隱含著交到壞朋友時，自己也會跟著學壞的警告。

上圖中的家長心裡應該在想：「竟然將考低分的考卷折成紙飛機玩，你原本明明不是這樣的孩子呀！」

用法

「あの乱暴（らんぼう）な子（こ）たちとつきあうのはやめたら？朱（しゅ）にまじわれば赤（あか）くなると言（い）うでしょ」
「本当（ほんとう）はやさしくていい子（こ）たちだよ」

「不如別跟那群粗暴的孩子在一起吧？俗話說，近朱者赤近墨者黑。」「其實他們個性善良，是一群好孩子耶！」

被預言說中的你！

跟朋友在一起，有時就會忍不住跟著瞎起鬨。

急いてはことを仕損じる

欲速則不達

無論任何事，急著做往往不會有好結果。這句慣用語就是急急忙忙處理時，反而會搞砸的意思。

明明靜下心來就能做到，卻因為焦急而失敗、做得不順利是很常見的情況。心想「快遲到了！」而十萬火急地換裝，卻前後穿反、書包倒拿，課本散落一地。假如冷靜處理，就不會發生這樣的事了。此種狀況早在從前就被慣用語一語道破！

這句話告訴我們，遇事不要慌張，應沉著應對。

被預言說中的你！

著急時就念念這句慣用語，讓自己冷靜下來。

用法

「あ！ この木の上のほうに珍しい虫がいる！早く早く」「虫取り網を用意するから待って。急いてはことを仕損じるよ」

「啊！這棵樹上有很罕見的昆蟲耶！快點快點！」「欲速則不達！先等我去拿捕蟲網啦！」

船頭多くして船山にのぼる

船長太多撐翻船

簡單地沾鹽吃就好!!
烤肉就是要配烤肉醬!!
配蘿蔔泥柚子醋才健康!!
喂——肉都快烤焦了——

有很多人發號施令時，反而無法統整意見，導致事情進行得不順利。

日文的「船頭」是指指揮船隻行進方向的船長。若一艘船上同時有很多船長，會如何呢？「往這邊開！」「不是，是往這邊！」就在彼此爭論不休時，沒想到船居然開到了山上。

聽起來很爆笑，卻也意味著事情會往奇怪的方向發展。這句話告訴我們，要在烤肉或圍爐時讓大家吃得津津有味，就不能有太多人指揮。

用法

「遠足の班、いいメンバーだね」「でもみんなリーダータイプだから、船頭多くして船山にのぼるにならないといいけど」

「遠足小組的成員很不錯耶！」「不過大家都是領導型人物，希望不會因為船長太多而撐翻船。」

被預言說中的你！

團隊行動時，選出領導者是很重要的。

大は小をかねる

大能兼小

這句話的意思是，大物件能當成小物件的替代品，用途廣泛又實用。

另一方面，小東西卻很難拿來替代大東西。比方說蓋大狗窩就能一直沿用下去，畢竟小狗窩容不下體積變大的狗狗。再說，萬一你有什麼狀況（像是弄丟家裡鑰匙之類的）的時候，也能跟狗兒一起躲進狗窩裡（笑）。

選購尺寸較大的兒童服時，就常用到這句慣用語。此句話也預言了父母親希望孩子能夠「穿得長長久久」的心願呢！

被預言說中的你！

希望自己的房間愈大愈好，但這點卻很難實現……。

用法

「旅行用バッグ、どれにしようかな」
「荷物が増えるかもしれないし、大きいサイズにしておきなよ。大は小をかねるって言うし」

「旅行袋要選哪個好呢？」「東西可能會變多，就選大的吧！俗話說，大能兼小。」

立つ鳥あとをにごさず

水鳥不留污

這句慣用語的意思是，離去時應該將環境整理乾淨，免得貽笑大方。

水鳥會隨著季節棲息在不同的地方，但離去時絕不會將水弄髒，只會留下些許波紋便展翅飛翔。

整理乾淨後才出發，接著進駐該場地的人就能用得愉快，自己離開時也會覺得很清爽。用水鳥來做比喻實在很酷呢！

這句話還有另一個涵義：該抽身退出時，勿拖延掙扎，應展現毅然果決的態度。

用法

「早く出発しようよ。旅館の部屋を掃除しているの？」「チェックアウトの前に整えているの。立つ鳥あとをにごさずだよ」

「我們快點出發吧！你在整理旅館的房間喔？」「在退房前先整理一下，俗話說，水鳥不留污嘛！」

被預言說中的你！

比起被命令「收拾善後！」，慣用語聽起來比較讓人接受。

ちりも積(つ)もれば山(やま)となる

灰塵累積起來也會變成山

就算微小如灰塵，只要不斷累積就會變得跟山一樣高。即使是小事，只要持續累積，終究能達成大目標，就是這句慣用語的意思。

存十圓硬幣也是這樣，只要持之以恆，就能存滿1萬圓！累積的力量真的很大。因此，就算單一個體很微小，也不能小看其威力。

相反地，若不斷認為「這一點東西不算什麼」，結果就會愈變愈糟，不得不慎。小小的浪費也會在不知不覺間累積到1萬圓，真的很不妙喲！

用法

「ダイエット中(ちゅう)だから、小(ちい)さなチョコだけ食(た)べる」
「小(ちい)さいけど結局(けっきょく)たくさん食(た)べてない？ ちりも積(つ)もれば山(やま)となる、だよ」

「我在減肥，吃小塊的巧克力就好。」「是不是以為很小塊，結果吃一堆？灰塵累積起來也會變成山喔！」

被預言說中的你！

一點一滴累積的小額存款，在日本被稱為「ちりつも貯金」。

沈黙(ちんもく)は金雄弁(きんゆうべん)は銀(ぎん)

沉默是金雄辯是銀

說話流利順暢是很重要的一件事。不過，該沉默時保持沉默更重要。

想說服別人時，必須做出「因為這樣所以該那樣……」的說明。然而，講個不停並不代表一定能帶來好結果。若說出不必要的話、被對方嫌煩，就會使交涉失敗。掌握「這部分保持沉默會比較好」的要點是相當重要的。

平常很少有機會思考沉默的重要性，所以這句慣用語真的很實用！它也是一句能在決勝負的時刻發揮力量的箴言。

用法

「先生(せんせい)に叱(しか)られたとき、言(い)いわけしなかったね」「沈黙(ちんもく)は金雄弁(きんゆうべん)は銀(ぎん)と言(い)うからね。言(い)いわけした子(こ)は余計(よけい)に叱(しか)られたでしょ？」

「剛才被老師罵的時候，你都沒辯解耶！」「俗話說，沉默是金雄辯是銀，愛找藉口的孩子反而被罵更慘不是嗎？」

被預言說中的你！

講個不停時，也無法引導出對方的真實心意喔！

遠(とお)くの親戚(しんせき)より近(ちか)くの他人(たにん)

遠親不如近鄰

大家可曾有過，被既不是家人亦非親戚的附近鄰居親切對待的經驗呢？像是「來我家吃個飯吧！」之類的。

另一方面，有血緣關係的親戚若住在遠方的話，是無法這樣與你互動的。畢竟不常見面時，在心理上也會感覺很疏遠。

因此，「近鄰」才會比「遠親」更可靠，遇到災害或生病等緊急狀況時，能及時對我們伸出援手的也是近鄰。

無論是平時的親切關懷或「緊急時刻」的救助，這句慣用語道盡了近鄰的重要性。

用法

「近所(きんじょ)の公園(こうえん)で足(あし)をくじいちゃった」「大変(たいへん)だったね。病院(びょういん)に行(い)ったの？」「お隣(となり)さんが連(つ)れていってくれた。遠(とお)くの親戚(しんせき)より近(ちか)くの他人(たにん)だね」

「我在附近的公園扭到腳。」「一定很難受吧！有去醫院嗎？」「鄰居帶我去的，真的是『遠親不如近鄰』呢！」

被預言說中的你！

就算網路無遠弗屆，與鄰居的往來依舊重要。

長(なが)いものには巻(ま)かれろ

識時務者為俊傑

日文的「長いもの」指的是長輩或有權有勢者。面對這樣的對象，不要違逆、乖乖順從才是明智的做法，這便是此句慣用語所主張的「處世之道」。

這句話的原意是：「愈是想撥開長條狀的物體，愈容易被纏住，倒不如乖乖就範直接被捲住。」後來逐漸演變為「面對有權有勢者，最好表現出服從態度」的人生智慧。

即便有所主張，有時也不得不讓步，告訴自己「現在還是先別唱反調」吧！先人們早已透過這句慣用語提出告誡。

用法

「今日(きょう)の学級会(がっきゅうかい)で、反対意見(はんたいいけん)を言(い)っていたね」
「長(なが)いものには巻(ま)かれろって言(い)うけど、どうしても納得(なっとく)できなくて」

「你在今天的班會提出反對意見呢！」「雖說『識時務者為俊傑』，但我就是無法認同今天的提議。」

被預言說中的你！

老是當聽話、沒意見的乖乖牌也沒骨氣。還是要適時表態！

生兵法は大けがのもと

半生不熟的功夫會受重傷

憑著一知半解的知識或技術挑戰某事物，反而會敗得一蹋糊塗，就是這句話的意思。

日文的「生兵法」指的是，尚未完全學會的武術或戰術。模仿武打電影發出「我打——！」的叫聲時，往往會陷入自己很無敵的錯覺裡吧？明明只有三腳貓功夫，卻用這招來應付很強的對手，正是此句話所要表達的意境，而且還預言了這樣會受重傷喔！

「重傷」並不僅限於身體的傷勢。只不過學點皮毛就以為懂很多而莽撞行事，便很有可能遇到危險，還請小心。

用法

「パソコンが動かないって言うから、ぼくがいじってみたんだけど…」「それで余計に壊れたのね。生兵法は大けがのもとよ」

「同學說他的電腦當了、停住不動，我試著弄了一下……」「結果情況變更糟對吧？半生不熟的功夫會受重傷。」

被預言說中的你！

學會一點小本事就想試試看，這樣的心情我懂！

情けは人のためならず

善有善報

小安，這部分可以教教我嗎？
好啊！我們一起來動動腦！
小安，這是什麼意思啊？
我來查查看喔！

這句慣用語的意思是，凡事待人親切，總有一天這份善意會回報到自己身上。

親切地教同學功課，原本是出自一番好心，不過自己也在過程中提升了實力，所以也等於幫到自己。這個舉例真的很淺顯易懂。

就像這樣，即使沒有直接關聯，也會在因緣際會之下得到好報，就是此句話所主張的道理。所以平時就應該善意待人！

偶爾也會有人記錯這句話的涵義，誤以為是「好心親切只會

慣壞對方，而不是真的為對方好」，還請注意。

原本這句慣用語還有後半段：「めぐりめぐっておのがため（千迴百轉終歸己身）」不過已被省略。

被預言說中的你！

相反地，待人不親切的話感覺好像會遭到報應。

用法

「バスで赤ちゃんを抱っこしている人に席をゆずったよ」「いいことをしたね。情けは人のためならずと言うから、いつかいいことがあるよ」

「我在公車上讓座給抱著寶寶的乘客。」「做得真好！俗話說，善有善報，你一定會有好報的。」

習（なら）うよりなれろ

熟能生巧

光看書來學習單輪車的騎法，是無法上手的。實際騎乘，在失敗中讓身體記住相關技巧，才是最快的方式。只要熟練了，就能騎得很靈活，此句慣用語早在從前便預言了這樣的情況。

任何事物都是這樣，先實際動手練習看看，會比聽人教學或透過書本講解更快學會。尤其在工匠的世界裡，自古以來就很愛用這句慣用語。相信這應該是他們的經驗談，實際練得滾瓜爛熟後，自然就能學會相關技術。

被預言說中的你！

想學會某件事的話，
請先實際做做看！

用法

「来週水泳（らいしゅうすいえい）のテストだから、息（いき）つぎのコツを教（おし）えて」「プールに行（い）ってやってみよう。習（なら）うよりなれろだよ」

「下週游泳課要考換氣，教我訣竅嘛！」「還是實際去游泳池練習吧！畢竟熟能生巧呀！」

Q5

一起來挑戰！慣用語猜謎 5

季節相關慣用語篇

日本春夏秋冬四季分明，氣候與氣溫也有很大的差異。舉凡春天賞櫻、秋天賞楓等等，日本人自古以來便喜愛欣賞各種自然景物別具風情的變化。現代則有許多描寫季節流轉的歌曲。

有關季節的慣用語眾多，大家不妨詳加調查一下。本篇是此單元的壓軸挑戰！

題目 ＿＿＿＿ 內的詞彙是？

1 暑(あつ)さ寒(さむ)さも ＿＿ まで

〈提示〉春季與秋季各有一次，很多人會在此時去掃墓。

2 春(はる)の ＿＿ と叔母(おば)の杖(つえ)は怖(こわ)くない

〈提示〉在春天很冷的日子裡，有時會下這種東西。

3 冬来(ふゆき)たりなば春(はる) ＿＿

〈提示〉（A）一番(いちばん)、（B）はあけぼの、（C）遠(とお)からじ，究竟是哪一個？

4 ＿＿ 落(お)ちて天下(てんか)の秋(あき)を知(し)る

〈提示〉會在秋天散落的東西。關鍵提示：「1枚(まい)の葉(は)っぱ」的其他說法。

◀答案請見下一頁

季節相關慣用語篇 謎題解答

1

暑さ寒さも〔彼岸〕まで

暑熱與嚴寒皆止於彼岸

夏天的暑熱在9月的「秋之彼岸」、冬天的嚴寒在3月的「春之彼岸」過後，就會逐漸消退。意指凡事都有自然變化的時期。

2

春の〔雪〕と叔母の杖は怖くない

春雪與嬸嬸的手杖皆不可怕

春天就算下大雪也會立刻融化，不會構成威脅；嬸嬸就算揮舞手杖打人也不會太用力，根本不會痛。意指不足為懼。

3

冬来たりなば春〔遠からじ〕

冬已至春亦不遠矣

天寒地凍的冬天來臨後，接著就是溫暖明亮的春季。只要堅忍挺過難熬的時期，幸福終究會於焉到來。

4

〔一葉〕落ちて天下の秋を知る

一葉凋落知天下秋

梧桐樹的落葉時期比其他樹種早，因此看到一片掉落的梧桐葉，便能得知已屆秋天。意指透過些微的前兆，察覺未來的巨大變化。

人間万事塞翁が馬

（にんげんばんじさいおうがうま）

塞翁失馬焉知非福

幸或不幸都是無法預測的。有時不幸的原因就隱藏在幸福裡，反之亦然。因此沒有必要狂喜也沒有必要狂悲。

這句慣用語來自一段故事：「古代中國有位人稱塞翁的老爺爺。有一天，塞翁的馬逃走了，周遭替他感到惋惜，但他卻說『搞不好會有好事發生』。過沒多久，逃走的那匹馬竟然帶了另一匹好馬回來！周遭替他感到歡喜，但他又說『搞不好會有禍事發生』。」塞翁的預言真的準確得很恐怖呀！

用法

「運動会でリレーのメンバーに入れなくてがっかりだよ」「おかげで、選手はなれない応援団長に選ばれたじゃないか！人間万事塞翁が馬だね」

「我沒入選運動會的接力隊員，好失望喔！」「不過也因為這樣，你被選為選手無法角逐的啦啦隊長呀！塞翁失馬焉知非福！」

被預言說中的你！

覺得很倒楣時，若能說出這句慣用語，就會感覺很成熟。

二兎(にと)を追(お)うものは一兎(いっと)をも得(え)ず

追二兔者連一兔都得不到

這句話是指因貪心而同時進行兩件事情，結果兩邊都不成功的意思。以前的人想一次抓到兩隻兔子，卻雙雙撲了個空，結果連一隻都抓不到，進而衍生出這句慣用語。

漫畫裡的男孩，同時間分別對兩位女孩表達心意，結果兩邊都吃了閉門羹，簡直完美詮釋了這句話的意境。

其實這原本是古羅馬的俗語，後來也在日本落地生根成為慣用語。沒想到在那麼古早的時代，而且還是在外國，便已預言到人們那顆貪婪的心，實在有夠厲害！

這句慣用語經常被用來勸戒人們，三心二意無法專注，想同時進行圖個方便，最後只會落得一場空。

被預言說中的你！

這句話告訴我們，貪心妄想「兩個都要！」是行不通的。

用法

「ギターも習いたいし、サックスもいいな。どっちもやろうかな」「二兎を追うものは一兎をも得ずって言うでしょ。どちらかにしたら？」

「我想學吉他，又覺得薩克斯風也不錯。乾脆兩個一起學好了。」「人家不是說『追二兔者連一兔都得不到』嗎？還是先鎖定一個就好吧？」

寝る子はそだつ

能睡的孩子長得快

形容一個人「老是睡個不停」，聽起來既像是壞話，又給人一種很混的感覺，不過這句慣用語卻鐵口直斷：「很能睡是健康的證明，這樣才能頭好壯壯！」如此肯定睡覺這件事，實在令人感動！

不過，真的就像這句話所說的那樣，身心都健康時才能睡得香甜。相反地，有哪裡不舒服或感到不安、有很多煩惱時，人就會睡不著。睡眠對發育而言是非常重要的。很能睡就是身體健康的佐證，所以儘管安心睡下去吧！

被預言說中的你！

話雖如此，可不能在上課時打瞌睡！晚上才應該好好睡覺。

用法

「友達が泊まりに来たからおしゃべりしようと思ったのに、すぐ寝ちゃって」「いいことだよ。寝る子はそだつって言うから」

「想說朋友難得來過夜，要大聊特聊，結果一下子就陣亡了。」「那也很好啊！俗話說，能睡的孩子長得快嘛！」

能ある鷹は爪をかくす

猛鷹藏爪甲，真人不露相

「那個某某英文說得超溜的！」「沒想到那人居然有這項專長！」你是否也曾這樣驚訝過呢？不刻意炫耀，只在必要時才露一手，真的很酷呢！

這句慣用語的意思就是，真正有才能與實力的人，平常反而不會炫技、刻意表現出來。

擅長狩獵的老鷹從高處發現獵物後，會俯衝而下，毫不拖泥帶水地命中目標。直到制伏獵物之前，都不會露出代表狩獵實力的尖銳爪甲。

用法

「おじさんが撮った運動会の写真、プロみたいだね」「こんなにうまいとは知らなかったよ。能ある鷹は爪をかくすだなぁ」

「叔叔拍的運動會照片好專業喔！」「我也不知道原來他的攝影技術這麼好。完全就是『猛鷹藏爪甲，真人不露相』。」

被預言說中的你！

若感嘆自己根本沒實力可隱藏的話，就從現在開始鍛鍊吧！

残りものには福がある

剩餘之物福氣多

在先搶先贏的場面中，這句話經常用來安慰順序排在最後的人。或許有些人會覺得「好東西都先被拿走了……」而感到失望，其實剩下來的物品當中，意外地有相當多具有價值的東西。

只要想到前人透過這句慣用語發出預言，就會覺得安心許多。

這句話其實也有勸人不要踩著別人搶第一的意思。能優先禮讓周遭的人，才能獲得意想不到的幸運。

用法

「バーゲンは混んでいて全然見られなかったよ。唯一買えたのがこのくつ」「かわいいじゃない！残りものには福があるね」

「周年慶太多人，完全沒辦法好好逛，最後只買到這雙鞋子。」「很好看呀！所以說『剩餘之物福氣多』嘛！」

被預言說中的你！

若主動表示「我撿剩的就好」，或許人氣會直線上升喔！

早起きは三文の徳

早起有三文之得

早上早點起床能獲得小幸運。

比平常更早到學校，沒想到居然能夠得到跟喜歡的女生獨處聊天的「小幸運」。也因為這樣，一整天都會感覺很開心！這句慣用語提出如此令人雀躍的預言，實在太振奮人心了。

一般也都倡導早起對健康有益，早上起來活動身體的確很舒服。

話說回來，三文究竟是多少錢呢？換算成現代幣值大概未滿百圓。意指雖然價值不高，但也是不折不扣的好運。

用法

「今朝、早く起きて公園を散歩したら、きれいな鳥がすぐ近くに見えたんだ！ いい写真も撮れたよ」「早起きは三文の徳だね」

「今天早起去公園散步時，近距離看到很漂亮的鳥，而且還順利拍下來耶！」「真的是『早起有三文之得』耶！」

被預言說中的你！

早上頭腦相對清晰，學習起來會更有效率喔！

必要(ひつよう)は発明(はつめい)の母(はは)

需要為發明之母

你拿的是鉛筆耶……
我忘了帶筷子嘛…♥
MILK

發明正是因為無論如何都有需要，才會催生出來的，就是這句慣用語的意思。

鏘——！可以用來吃便當的鉛筆！其實是因為忘記帶筷子，只好用鉛筆來應急而已。不過這也算是一種解決辦法。

世上的「新發明」，其實很多皆起因於一些小困擾。比方說「一個人去吃燒烤，感覺有點尷尬」的這種煩惱，催生出「一人」燒烤屋並帶動風潮。只要從必要性這點加以思考，或許你也能發明出新東西喔！

用法

「ケン君(くん)が作(つく)った歌(うた)すごいね。試験範囲(しけんはんい)が楽(らく)に覚(おぼ)えられて役(やく)に立(た)つ！」「暗記(あんき)が苦手(にがて)だから、考(かんが)えだしたんだ。必要(ひつよう)は発明(はつめい)の母(はは)だね」

「小健，你寫的歌超厲害的，可以輕鬆記住考試範圍，非常有效！」「因為我很不會記東西，才想出這個辦法。需要為發明之母，果真說得沒錯。」

被預言說中的你！

你現在正為何事困擾呢？這就能成為發明的題材喔！

人(ひと)のふり見(み)てわがふりなおせ

借鑑他人，反省自己

這句話的意思是，以別人的舉止為借鏡，糾正自身的行為。看到朋友的石門水庫沒關時，也確認一下自己的！多虧有朋友做借鏡，自己才免於出大糗，相信大家應該有過這樣的經驗吧？而這句慣用語也精準地道破此種情況。畢竟自己很難察覺自身的缺點，所以才需要看看他人作為參考。

當然，看到他人的優點時也不妨加以看齊。去朋友家玩的時候，若有人會將脫下的鞋子整齊排好，就應該學起來。相信你的禮貌積分一定也會跟著上升。

用法

「マンガをお風呂(ふろ)で読(よ)んでいたら、シワシワになっちゃった」「ぼくもお風呂(ふろ)で読(よ)みたかったけれど、やめておこう。人(ひと)のふり見(み)てわがふりなおせだ」

「我在泡澡時看漫畫，結果整本書變得皺巴巴的。」「我也想在泡澡時看，聽你這麼說還是算了。借鑑他人，反省自己。」

被預言說中的你！

你的好行為與壞行為也都是周遭的參考題材喔！

人（ひと）を呪（のろ）わば穴（あな）二（ふた）つ

詛咒他人換二穴

陷害別人總有一天會報應到自己身上，這真是一句很不妙的預言。

比方說，偷偷藏起鞋子捉弄同學，自己也會透過其他方式嚐到苦果。

這句慣用語的原意是，將他人詛咒至死，自身也會遭到報應而暴斃，所以才需要挖兩個墓穴，一個給對方，一個則是給自己。

古代的陰陽師專門負責占卜與作法，他們必須做好這樣的心理準備來從事這份工作，實在是太恐怖了！

用法

「あの子（こ）、０点（てん）のテスト落（お）としてる！ 黒板（こくばん）に張（は）り出（だ）しちゃえ」「そんなことするとあとでいやなことが起（お）こるよ。人（ひと）を呪（のろ）わば穴二（あなふた）つだよ」

「那人居然考零分耶！把那張考卷貼在黑板上公告一下。」「做這種事對你本身也不好喔！因為『詛咒他人換二穴』呀～」

被預言說中的你！

你應該沒有準備好自己墓穴的決心吧？那還是算了吧！

百聞(ひゃくぶん)は一見(いっけん)にしかず

百聞不如一見

聽人說百遍，不如親眼看一次來得真切，就是這句話的意思。聽朋友聊過這座雲霄飛車，也看過雜誌所刊登的詳細介紹，研判尖叫指數應該是3吧……。沒想到實際搭乘後才發現，尖叫程度遠遠超出預期！相信大家應該有過這樣的經驗。相反地，有時候實際體驗以後才發現，完全不如傳言所說的那麼厲害。

現代資訊氾濫，很多事光憑著口耳相傳的情報似乎就能做判斷，不過這句話卻告訴我們，沒親眼見到的話是不會知道的喔！

用法

「話題(わだい)の映画(えいが)を見(み)たんでしょ？ どうだった？」
「面白(おもしろ)かった！ 百聞(ひゃくぶん)は一見(いっけん)にしかずだから、とにかく見(み)てほしいな」

「你不是看了那部熱門電影嗎？好看嗎？」「很精彩！百聞不如一見，希望你也去看。」

被預言說中的你！

在透過搜尋就讓人以為全都懂的時代，此句話更顯重要。

覆水盆にかえらず

覆水難收

事情一旦發生，就無法再回到原本的狀態。打破了父親珍藏的瓷器，就算想盡辦法「恢復原狀」也是不可能的任務。就像這句慣用語所說的，一切已無可挽回。

這句話來自中國古代的故事。有一名男子鎮日讀書，完全不賺錢養家，太太受不了遂離他而去。後來這名男子出人頭地後，她又回來要求「重修舊好」。男子將容器裡的水灑在地上，說道：「如果妳能夠讓水回到容器裡，我就成全妳。」怎麼想都不可能辦得到嘛！

用法

「白い体操服を赤いTシャツと一緒に洗っちゃった」「うわ、ピンク色になっている。覆水盆にかえらずだ、しかたないね」

「我把白色運動服跟紅色T恤放在一起洗。」「哇，變成粉紅色了！覆水難收，也只能認了。」

被預言說中的你！

有些事情還是可以挽回的，像這種時候就別輕言放棄喔！

下手な鉄砲も数うちゃ当たる

射擊再蹩腳，多打幾次總會中

就算射擊技術欠佳，只要不放棄、持續發射，就有可能會命中目標。同樣地，這句話也代表不擅長的事只要反覆磨練，就能成功的意思。

異性緣欠佳的孩子，多管齊下表明心意，或許也有成功的可能。這句慣用語是最佳的強心劑，告訴我們別氣餒，再接再厲！無須為了一次或兩次的不如意而沮喪失意。若因害怕失敗連一發都未擊出，成功的可能性就等於零。就算一再落空，也要持續努力下去。

用法

「番組で紹介されたくて、メッセージを投稿しているんだって？」「100通くらい書いたかな。下手な鉄砲も数うちゃ当たると言うでしょ」

「聽說你為了讓節目介紹你的事而不斷留言？」「我大概寫了100則留言吧。俗話說，射擊再蹩腳，多打幾次總會中嘛！」

被預言說中的你！

不能仗著這句慣用語，就向根本不喜歡的人告白喔！

ほとけの顔(かお)も三度(さんど)

事若過三，菩薩也發怒

這句慣用語的意思是，無論個性多溫和、善良的人，若不斷被踩地雷，最後也是會忍不住發怒的。

即使是慈悲為懷的菩薩，若臉龐連續被人摸3次也是會生氣的，就是這句話的由來。

不要以為有些人很和藹、溫順，就會永遠給自己好臉色看。就算溫和如菩薩的人，也有忍耐的限度。假如不斷做出太誇張或失禮的行為，還是有可能會被對方警告：「你最好別太過分！」

那只要控制在3次以內就沒事了嗎？這並不是問題的所在喔！人都是有忍耐的極限，才是此句慣用語所要表達的意思。

先人們已經先提出這樣的告誡了，所以在惹怒別人之前，還是先檢討一下自己的行為吧！若逼菩薩變魔鬼，可就吃不完兜著走囉～！

被預言說中的你！

媽媽在怒吼「你最好別太過分！」之前，其實已經忍很久了。

用法

「遅れてごめん。あれ、怒っているの？」「私との待ち合わせ、いつだって遅刻じゃない！ ほとけの顔も三度だよ！」

「對不起我來遲了。咦？你生氣了喔？」「跟我約見面，哪一次沒有遲到！事若過三，菩薩也發怒啦！」

まかぬ種(たね)は生(は)えぬ

不播種必無收穫

「我想成為棒球選手。當偶像也不錯。公司的董事長也不賴！」很棒很棒，你的可能性是無限大的。可是，若毫無行動只是躺著做夢的話，就會被比喻為「まかぬ種は生えぬ」！

若不播種，作物就無法發芽，更遑論開花結果。因此這句話的意思就是，不努力是不可能得到想要的結果的，想成為棒球選手的話，就必須好好練球。這句話還可以解釋成「沒有因就沒有果」。

用法

「成績(せいせき)がぱっとしなかったトモ君(くん)が、急(きゅう)にできるようになったよ」「まかぬ種(たね)は生(は)えぬというから、きっと努力(どりょく)したんだよ」

「原本成績不怎麼樣的小智，功課突然變得很好耶！」「不播種必無收穫，他一定下了很大的功夫。」

被預言說中的你！

有時播種也不見得會發芽，但所付出的努力是有價值的。

負けるが勝ち

雖敗猶勝

別跟對方硬碰硬，讓對方贏、自己認輸，結果對自己而言反而比較有利，就是這句慣用語所主張的道理。

比方說，跟女同學鬧得不愉快，就算自己有充分的理由也不爭辯，直接道歉認錯。如此一來，女同學就會氣消，而願意幫忙自己所提出的請求。這樣處理，比為了面子爭個你死我活而交惡，實在好太多了。要拱手讓對方贏，畢竟有點難做到，不妨將這句箴言當成行動規範！若能徹底實踐「負けるが勝ち」的真諦，就太令人佩服了。

用法

「カードゲームで弟に負けたの？」「ぼくが勝ってばかりだと、泣き出して大変だからね。負けるが勝ちっていうやつだよ」

「玩牌輸給你弟喔？」「要是都我贏的話他會哭鬧，很難安撫，所以『雖敗猶勝』啦！」

被預言說中的你！

若是真的居下風卻跟對手說這句話，反而讓人覺得你輸不起。

実（みの）るほど頭（こうべ）をたれる稲穂（いなほ）かな

愈飽滿的稻穗愈低頭

有修養的人，愈是有成就、受到周遭人推崇，反而會愈展現出恭敬謙虛的態度。將一切歸功於「大家的支持」而不張揚，與那種覺得「我就是了不起」的人完全相反（愈是這樣的人愈沒本事！）。站在領袖立場，還能感謝身邊的同學而不自大傲慢，真的是很棒的一件事。稻穗結實（米粒）愈多就會愈重，稻稈也會垂得愈低，這句慣用語正是以此現象來比喻人們的作為。

被預言說中的你！

多多學習，心靈富足地成長時，自然就會變得謙虛。

用法

「通学路（つうがくろ）でいつもあいさつしてくれるおじさん、大（おお）きな会社（かいしゃ）の社長（しゃちょう）だって」「全然（ぜんぜん）威張（いば）らないああいう人（ひと）が、実（みの）るほど頭（こうべ）をたれる稲穂（いなほ）かな、なんだって」

「都會在上下學途中跟我們打招呼的那位伯伯，聽說是大公司的董事長耶！」「像那種完全沒架子的大人物，讓我賣弄一下，就叫做『結實纍纍的稻穗頭愈低』。」

安もの買いの銭うしない

（やす／が／ぜに）

貪小便宜花更多

便宜的東西往往品質欠佳，一下子就不堪用，沒賺到反而還吃虧。

30圓的襪子？便宜到忍不住買回家，結果才穿一天就開口笑了……。大家是否有過這樣的經驗呢？

現在雖然有很多價格實惠、品質不錯的商品，不過有時會被低價吸引而多買了不必要的東西，或買下不是很喜歡的商品，結果還是得重新買，這又是一筆支出。連購物的失敗經驗都能做出預言，慣用語果真是人生智慧的大寶庫呀！

用法

「これ、欲しかったおもちゃに似ている。しかも安い！」「すぐ壊れそうだよ。安もの買いの銭うしないにならないようによく考えて」

「這跟我想要的玩具很類似，而且便宜好多！」「感覺三兩下就會故障耶！還是好好想想吧！以免貪小便宜花更多。」

被預言說中的你！

逛百圓商店時，就會忍不住這也想買那也想買，對吧？

油断大敵（ゆだんたいてき）

掉以輕心是大敵

掉以輕心就會導致意想不到的失敗，你的疏忽大意才是最大的敵人，就是這句慣用語的意思。

比方說，與實力差你一大截的對手比試時，若覺得自己不可能輸而大意，就會在轉眼間就被扳倒。不輕敵的話明明就能贏的！在後悔莫及之前，想想這句慣用語來提醒自己、上緊發條吧！

當事情進行得很順利，或是已經看到終點時，往往會忍不住鬆懈下來，像這種時候更希望大家能回想起這句自古流傳下來的箴言。

用法

「明日（あした）のグループ発表（はっぴょう）は、得意分野（とくいぶんや）だから余裕（よゆう）でしょう」「でも、油断大敵（ゆだんたいてき）。どんな質問（しつもん）があるかわからないし、準備（じゅんび）するよ」

「明天的小組發表是你擅長的領域，應該很輕鬆吧？」「可是『掉以輕心是大敵』，也不知道會被問哪些問題，還是得好好準備！」

被預言說中的你！

體育活動也是這樣，愈發熟練以後，受傷的情形也會變多。

楽あれば苦あり苦あれば楽あり

有樂就有苦

人生不光只有快樂的事，也會有痛苦的情況發生。反過來說，苦過之後，接下來就有快樂等著！忍住想玩的情緒，努力念書準備考試，有時就會獲得獎勵。若你覺得現在非常難過、不好受的話，念念這句慣用語，心情就會輕鬆很多喔！畢竟這是自古流傳下來的箴言，相當可靠，值得信賴。

而認為「人生輕鬆好得意～」的你，也應當將這句話謹記在心，畢竟那是不可能永遠持續下去的。

被預言說中的你！

有些人看起來一帆風順，但在看不見的地方其實也遇過挫折。

用法

「ひどい風邪をひいて遠足に行けなかったし、テストもさんざん」「楽あれば苦あり苦あれば楽あり。このあといいことあるよ」

「得了重感冒，不但沒辦法參加遠足，考試也一團糟。」「有樂就有苦，有苦就有樂。接下來會轉運的。」

瓜田(かでん)に履(くつ)をいれず李下(りか)に冠(かんむり)を正(ただ)さず

瓜田裡不彎身穿鞋，李樹下不舉手整帽

當男孩打算撿起掉在女孩腳邊的橡皮擦時，對方可能會因為受到驚嚇而哇哇大叫。

很嘔的是，有時明明沒做錯事，卻被誤會而引起糾紛。而道破此種情況的，就是這句有點難的慣用語。

它的意思是「不要做出惹人懷疑的舉動」，出處則是中國古代的詩歌。

在李樹下做出將帽子扶正的動作，會被誤解成「意圖偷李子」；在瓜田裡將鞋子重新穿好，會被誤解為「企圖偷瓜」。所以這句話告訴我們，不要做出容易招致誤會的行為。

被預言說中的你！

受到誤會而被罵、被討厭會很傷心的，所以還是小心為妙！

「お母さん、美術館でスマホ見ないで」「ちょっとメールを見ただけ」「作品を撮影していると思われるよ。瓜田に履をいれず李下に冠を正さずと言うよ」

「媽，在美術館不要看手機。」「我只是看一下簡訊而已。」「會被人以為妳在偷拍作品喔！俗話說『瓜田裡不彎身穿鞋，李樹下不舉手整帽』嘛！」

良薬(りょうやく)は口(くち)に苦(にが)し

良藥苦口

效果卓越的藥往往苦到難以下嚥，同樣地，明知忠告是為了自己好，卻往往聽不進去，就是這句慣用語的意思。

面對他人的指正或忠告，就算覺得「說得沒錯」，也會忍不住想摀住耳朵，對吧？不過，這些都是為了你好才說的話。只要想到「良藥苦口」、乖乖接受，日後應該會慶幸自己當初有聽話。

此句話是來自中國古代的偉大思想家孔子。現代的藥物也大多很苦，不過當時的中藥應該更是苦到不行吧。

被預言說中的你！

如果忠言能像包在膠囊裡的藥物那樣好服用就好了？

用法

「ノートの字(じ)が汚(きたな)いって、先生(せんせい)に注意(ちゅうい)されてたね」「良薬(りょうやく)は口(くち)に苦(にが)しと思(おも)って、丁寧(ていねい)に書(か)くように頑張(がんば)るよ」

「老師說我作業簿的字寫得很醜。」「良藥苦口，你就努力把字寫工整吧！」

類(るい)は友(とも)をよぶ

物以類聚

跟你有好交情的朋友屬於什麼類型？我想你們應該喜歡相同的事物，或是想法很接近吧。「類は友をよぶ」這句慣用語，就是指興趣或個性相近的人，會自然而然湊在一起的意思。

彼此有相似的部分時，就比較好聊天，也能馬上打成一片。

這句話源自中國古代的典籍，內容寫道：「物以類聚，人以群分。」這真是令人心頭一驚的箴言呢！此句話也可當成貶義使用。

用法

「私(わたし)の友達(ともだち)、みんなやさしいんだ」「類(るい)は友(とも)をよぶと言(い)うから、あなたがやさしいんだよ」「そう言(い)ってくれてありがとう」

「我的朋友都很友善。」「俗話說『物以類聚』，所以你也很友善。」「謝謝你這麼說。」

被預言說中的你！

幾個興趣相同的朋友湊在一起時，樂趣與知識也會加倍。

ローマは一日(いちにち)にして成(な)らず

羅馬不是一天造成的

要成功完成大事，必須經過長時間的努力，就是這句慣用語的意思。

羅馬帝國是誕生於義大利半島的歐洲最大帝國，稱霸全球超過千年，極其繁盛。想當然爾，所有的一切都不是在一天之內形成的，而是透過漫長的歲月逐步打造而成的。

這句慣用語便搬出偉大的羅馬帝國，告訴世人「還需要花更多時間與努力」。堆積木做城堡時若說出這句話，會讓人覺得似乎要打造曠世巨作，笑果十足。

被預言說中的你！

努力後的結果還是差強人意時，這句慣用語能為你加油打氣。

用法

「アーティストになりたくて絵(え)を習(なら)い始(はじ)めたけど、デッサンばかり」「ローマは一日(いちにち)にして成(な)らずだよ。あせらず続(つづ)けて」

「我想成為藝術家，所以開始學畫畫，但老是叫我練素描。」「羅馬不是一天造成的，別心急，持續練下去吧！」

論(ろん)より証拠(しょうこ)

事實勝於雄辯

假如被問到「作業寫完了嗎？」，只要出示結果讓對方確認就好。對方看到證據後，就會心服口服。

「論より証拠」這句慣用語指的是，與其搬出各種主張來論斷，出示具體證據會更具有公信力的意思。若懷疑「這是真的嗎？」，只要調查證據求證即可，這樣既不必解釋一大堆，還能預防起口角！

這句慣用語提出的預言簡潔明瞭又有力，你一定也覺得神奇到不行吧！

被預言說中的你！

若成為被證據堵得啞口無言的一方時，就只能乖乖投降！

用法

「はくトランプのポーカーで負けたことないんだ。すごく強(つよ)いよ」
「論(ろん)より証拠(しょうこ)。いまやってみようぜ」

「我玩抽鬼牌從來沒輸過，超級強的。」「事實勝於雄辯，現在就來玩看看吧！」

結語

學會慣用語後就該多多活用

大家讀完內容後有何感想呢？相信應該學到許多令你覺得被說中或符合身邊大小事的慣用語吧？

人類自古以來就在生活中運用大量的慣用語。
它既是人生智慧，也是能傳達道理的便利詞句，不斷被口耳相傳下來。
在非常久遠的以前，沒有電視亦無網路，
是與現代生活型態全然不同的時代，
可是那些「經驗談」卻精準料中現代人的各種行為，實在非常厲害。
這些話「直擊事物的本質」，也就是說中事物不會有所改變的部分。

學會慣用語後，活用是很重要的。
多加使用才能將這些東西轉化成自己的知識。
除了應用於對話之外，
還可以將喜歡的慣用語抄寫下來。
很多人會將大受啟發的慣用語當成「座右銘」謹記在心，
希望你也能找到自己覺得很棒的慣用語，當成終生的夥伴。
遇到狀況先想想「案ずるより産むがやすし（生產比窮擔心來得容易）」、
「過ちを改むるにはばかることなかれ（過則勿憚改）」，
這些慣用語能幫助你勇於嘗試、虛心改正錯誤，並做出正確決定。

慣用語是先人智慧的大寶庫，
希望大家能學得開心且多加使用。

齋藤 孝

【監修者簡介】 **齋藤 孝**

明治大學文學院教授。

1960年生於靜岡縣。東京大學法學院畢業。攻讀東京大學研究所教育學研究科博士課程後擔任現職。專業領域為教育學、身體論、溝通論。代表作之一《超適合讀出聲的日語短文》（声に出して読みたい日本語，草思社出版）獲頒每日出版文化賞特別賞，該系列亦成為熱賣260萬冊的暢銷作。《找回身體的感覺》（身体感覚を取り戻す，NHK出版），則獲頒第14回新潮學藝賞。其他還有《只有讀「書」能抵達的境界》（采實文化出版）、《大人的語彙力筆記》（大人の語彙力ノート，SB Creative出版）、《讀書力》、《溝通力》（皆由台灣商務出版）、《現代語譯 學問之勸》（現代語訳 学問のすすめ，筑摩新書出版）等，著作繁多。亦經手許多兒童讀物，作品有《齋藤孝的國語教科書 小一新生》（齋藤孝のこくご教科書 小学1年生，致知出版社出版）、《培養堅韌的心靈！兒童孫子兵法》（強くしなやかなこころを育てる！こども孫子の兵法，日本圖書中心出版）等，著作累計出版冊數突破1千萬本。除擔任NHK教育頻道節目「日文好好玩」（にほんごであそぼ）的綜合指導外，亦廣獲電視節目及各大媒體邀約，分享身為學者專家的意見。

【日文版工作人員】

編輯統籌　柿內尚文
責任編輯　菊地貴広
設計　田中小百合（osuzudesign）
編輯協助　根村かやの、小川晶子
插圖　カツヤマケイコ

超有哏日文慣用語手冊

邊讀邊笑超好記！讓你一開口就像日本人一樣道地

2021年6月1日初版第一刷發行

監修者　齋藤 孝
譯者　陳姵君
編輯　陳映潔
美術編輯　黃郁琇
發行人　南部裕
發行所　台灣東販股份有限公司
＜地址＞台北市南京東路4段130號2F-1
＜電話＞(02)2577-8878
＜傳真＞(02)2577-8896
＜網址＞http://www.tohan.com.tw
郵撥帳號　1405049-4
法律顧問　蕭雄淋律師
總經銷　聯合發行股份有限公司
＜電話＞(02)2917-8022

國家圖書館出版品預行編目 (CIP) 資料

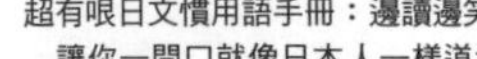

超有哏日文慣用語手冊：邊讀邊笑超好記！讓你一開口就像日本人一樣道地/齋藤 孝監修; 陳姵君譯. -- 初版. --臺北市：臺灣東販,2021.06
176面； 14.6×21公分
ISBN 978-626-304-626-9(平裝)

1. 日語 2.慣用語

803.135　　110006777